めざせ！ 秘密《ひみつ》のコッパ島《じま》

白金ゆみこ・作●石井　勉・絵

あかね書房

もくじ

1　夏の始《はじ》まり

列車《れっしゃ》の窓《まど》に、まぶしいほどにかがやく太平洋《たいへいよう》が見えてきた。窓《まど》ガラスに顔をおしつけ遠く海を見ると、なだらかに弧《こ》を描《えが》いた大きな水平線《すいへいせん》の上に、三せきの船がならんでいる。その後ろには、まっ白い入道雲《にゅうどうぐも》が次《つぎ》つぎに形をかえていく。

「すごい。」

頭をぐっとおしつけたとたん、目の前がまっ暗《くら》になった。またトンネルだ。窓《まど》ガラスにぼくのまぬけな顔がうつっている。舌《した》うちして、窓《まど》から顔をはなした。

東京《とうきょう》から東北新幹線《とうほくしんかんせん》で北にむかい、新花巻駅《しんはなまきえき》で電車をのりかえ、やっときた東《とう》北《ほく》の三陸海岸《さんりくかいがん》は、本当にトンネルが多い。トンネルとトンネルの間に、ほんの少し景色《けしき》が見えるといった感《かん》じだ。カーブも多く、二両《りょう》しかないディーゼル列車《れっしゃ》は山と海の間をぬうように走っている。

夏休みに入ったこの時期《じき》、車内は、海水浴《かいすいよく》に行く学生たちであふれかえり、うるさいほどだ。冷房《れいぼう》もきいているはずなのに、むし暑《あつ》い。

姉ちゃんが高校受験《じゅけん》で、家じゅうピリピリしている。たまんないから、お父さんに話して、この夏休みは、お父さんの田舎《いなか》のじいちゃんちですごすことになった。

トンネルをぬけ、列車《れっしゃ》が駅《えき》にとまると、いっせいに人がおりて、車内はこの近くにすむお年よりが数人残《のこ》るだけとなった。むかいの席《せき》があいたので、くつをぬぎ、足をのせた。しびれた足の指《ゆび》をにぎったり広げたりしながら窓《まど》の外をながめているると、海上に木がこんもりとしげる、こい緑色《みどりいろ》の島《しま》が見えてきた。島《しま》の名前は知らないが、いつもここにくるたびに見ている島《しま》だ。緑《みどり》の木ぎにおおわれた形は、オオガメが海に寝《ね》そべっているように見える。まるでこの海の主《ぬし》のようだと思っていた。

列車《れっしゃ》は、トンネルに入ったり出たりをくり返《かえ》し、小さな漁港《ぎょこう》が見えてきた。

「次《つぎ》はー、はまいしぃー。はまいしぃー。」

少し東北弁《とうほくべん》のなまりがある声が、アナウンスをつげた。

ようやくぼくの長い長い一人旅《たび》が終《お》わる。列車《れっしゃ》は、ゆっくりとスピードをおとしはじめた。ぼくはいすに立ち上がり、あみ棚《だな》にのせていたリュックをおろし、それからくつをはきなおすと、デッキドアの前に立った。

列車《れっしゃ》はどんどんスピードをおとし、小さなプラットホームが見えてきた。じいちゃんだ。ムギワラ帽子《ぼうし》をかぶったじいちゃんが、こっちを見ながら手をふっている。

プラットホームにおりたったとたん、海からの塩《しお》からい風が、鼻《はな》の奥《おく》をつきぬけていった。浜石駅《はまいしえき》でおりたのは、ぼくだけだった。浜石駅《はまいしえき》の改札口《かいさつぐち》にもプラットホームにも、駅員《えきいん》はいない。無人駅《むじんえき》だ。

「よくきたなー、大和《やまと》。つかれねがったが？　一人でくるって言うから、心配《しんぱい》してたけども、だいじょぶだったが？」

「ぜんぜん平気《へいき》だった。」

「大和も、大きくなったもんだな。腹《はら》、へってねえが？」

「だいじょうぶ。」

「そうか。ばあちゃんも待《ま》ってだぞ。」

ぼくと、じいちゃんは、ほったて小屋《ごや》のような駅《えき》の改札口《かいさつぐち》を通りぬけた。

駅《えき》は高台にあり、海までつづくひな壇《だん》のような町なみが一望《いちぼう》できる。

坂《さか》を下っていくと、『岬民宿《みさきみんしゅく》』のかんばんが見えた。将太《しょうた》の家だ。

将太はぼくと同じ小学五年生で、地元の子。ぼくのお父さんと将太のお父さんがおさななじみだ。浜石《はまいし》にくるたびに、家族《かぞく》ぐるみで会っているうちに、将太とは、お父さんたち以上《いじょう》に仲《なか》よくなっていた。この夏は将太と遊《あそ》ぶことだけがなによりの楽しみだ。将太は、遊《あそ》びの天才だ。

『岬民宿《みさきみんしゅく》』は小さな民宿《みんしゅく》で、かんばんがなかったら、ふつうの家にしか見えない。だけど、夏になると、釣《つ》り客《きゃく》や海水浴客《かいすいよくきゃく》がきて、いそがしいそうだ。二階《かい》の開《あ》けはなされた窓《まど》から、三枚《まい》の布団《ふとん》がほしてあるのが見えた。

岬民宿《みさきみんしゅく》のうらに、おばさんの後ろすがたが見えた。さびついた洗濯機《せんたくき》の前に立ち、中をのぞきこんでいる。洗濯機《せんたくき》はゴトゴトゆれて、大きな音を立てている。

「おばさーん、こんにちはー。」

「おや、大和《やまと》くん、ついだのがー?」

将太《しょうた》のお母さんが、ふりむいて、まあるい顔いっぱいに笑顔《えがお》を作った。

「将太、いる?」

「今、父ちゃんの手伝《てつだ》いに浜《はま》さ行ってだよ。帰ってきたら、大和くんがついたって言っとくから。」

「じゃあねー、おばさーん。」

ぼくは、手をふりながら歩き始《はじ》めた。

「じいちゃん。将太のおばさん、なんで外で洗濯《せんたく》してるの?」

「たぶん、タコだべ。タコってな、釣《つ》り上げた時、すんごくぬるぬるしてんだ。それを塩《しお》でもんで、ぬめりをとるんだども、手でやると時間がかかってたいへんなんだ。だがら、洗濯機《せんたくき》で洗《あら》うんだ。」

残念《ざんねん》。洗濯機《せんたくき》の中をのぞかせてもらえばよかった。

じいちゃんの家は、坂《さか》を下り、国道まで出て、それから魚市場の前を通り、商《しょう》店街《てんがい》につづく坂《さか》をのぼったところにある。

八百屋《やおや》の角をまがると、じいちゃんの家の蔵《くら》が見えてきた。蔵《くら》と言っても赤っぽい石を積《つ》み上げて作った石蔵《ぐら》で、少しかたむいている。扉《とびら》の半分《はんぶん》は土かべがくずれおち、竹をあんだ枠組《わくぐ》みが見えている。なんでも三百年も前に作られたそうだ。

「ばあちゃーん、ついたよー。」

ぼくが開《あ》けはなされた玄関《げんかん》に飛《と》びこむと、ばあちゃんがかん高い声を上げながら、奥《おく》から出てきた。

「待《ま》ってだったよー。よくきたな。スイカ冷《ひ》やしておいだよ。早く上がれ上がれ。」

腹《はら》いっぱいスイカを食べたぼくは、庭《にわ》の見える縁側《えんがわ》にごろりと横《よこ》になった。

夏の日はなかなか暮《く》れず、すずしくもならなかった。うら山ではミンミンゼミががなりたてるように、「ミーンミンミンミンミー」と、いつまでも鳴いていた。

気がつくと、バスタオルがかけられていた。いつのまにか眠《ねむ》ってしまったようだ。日ざしはゆっくりとかたむき、庭《にわ》は夕やけにそまっていた。赤トンボが物干《ものほ》しざおにとまっている。ヒグラシの「カナカナ」という鳴き声が、山やまに響《ひび》いている。

じいちゃんが縁側《えんがわ》でタバコをすっていた。蔵《くら》をぼんやり見ているようだ。昔《むかし》、漁師《りょうし》をしていたじいちゃんは、がっちりした体格《たいかく》をしていて、ゴリラに似《に》ている。

「じいちゃん。」

「大和《やまと》、おきたのが。」

じいちゃんがふりむいた。

「じいちゃん、なにしてんの？」

「ん？　待《ま》ってたんだ。」

「待《ま》ってる？　なにを？」

「んっ。まあずな。」

じいちゃんは、タバコの煙《けむり》をはき出した。

ぼくは、おき上がると、じいちゃんのとなりにすわった。

「あの蔵《くら》、ずいぶんボロだよね。中になにが入ってるの？」

「んー、あの蔵《くら》が？　あの蔵《くら》の中にはな、誰《だれ》さも言うなよ。あの蔵《くら》の中には、じいちゃんがほり出した埋蔵金《まいぞうきん》がかくされてんだ。」

「そんなこと言って。じいちゃんが埋蔵金《まいぞうきん》見つけるわけないじゃん。」

「ワハハハッ。」

「蔵《くら》さ入ってんのは、がらくたばかりだよ。いいかげんとりこわしてしまわねど、あぶなくてしょうがねぇのにさ。」

後ろに、ばあちゃんが立っていた。

「えっ、蔵《くら》、とりこわすの。」

「外かべに、あんなに大っきなひびが入ってるべ。いつ倒《たお》れてもおかしくねえんだ。この蔵《くら》がなくなれば、庭《にわ》がもう少し広くなるし、そうせば、大和《やまと》たちがきた時にも、お父さんが車を入れやすくなるべ。それなのに、じいちゃんは、がんこに、『こわさねぇ』の一点ばりでな。」

「ええっ、もったいない。ぼく、一度《ど》、蔵《くら》の中を見てみたかったんだよな。」

「蔵《くら》の中なんか、大和がおもしろがる物《もの》は、なんにも入ってねえよ。鍬《くわ》とかスコップとか、がらくたばかりだ。あぶねぇから、入ってだめだからな。そろそろ夕飯《ゆうはん》にするべし。大和の好《す》きなもの、たくさん作ったんだよ。」

ばあちゃんは、台所《だいどころ》へもどっていった。

ぼくが夕飯《ゆうはん》をすませて風呂《ふろ》から上がると、ばあちゃんは縁側《えんがわ》に、庭《にわ》でとれたトウモロコシをゆでて用意《ようい》してくれた。三人で縁側《えんがわ》にすわってトウモロコシを食べ始《はじ》めた。満天《まんてん》の星空の中に、ぽっかりと丸い月が浮《う》かんでいる。

「星って、こんなにあったんだ……。」

すいこまれそうな夜空をながめていると、遠くから、「ヒュー、ヒュー」とぶきみな音が聞こえ始《はじ》めた。なんの音かよくわからない。誰《だれ》かの泣《な》き声のようにも聞こえる。

「あれ、なに？」

「あれか？ この町ではな、満月《まんげつ》や新月になっと、亡霊《ぼうれい》がさまよい出すんだよ。」

ばあちゃんは、ぼそりと言った。

「亡霊《ぼうれい》？」

「んだ。亡霊《ぼうれい》。コッパ島《じま》って大きな島《しま》、知ってるが？」

「あのカメみたいな大きな島《しま》のこと？」

「んだ。海のまん中にぽっかり浮《う》かんでるべ？ あれがコッパ島《じま》。あの島《しま》にはな、亡霊《ぼうれい》がすみついてんだ。」

「まあーさかー。」

ぼくが笑《わら》い出すと、ばあちゃんは、

「うそじゃねぇよ。あの島《しま》にはな、津波《つなみ》で亡《な》くなった人たちの亡霊《ぼうれい》がすみついてんだ。んだがら、ああやって、家族《かぞく》や町をこいしがって泣《な》いてんだよ。」

と、まじめな顔で言った。

「津波《つなみ》、あったの？」

「ああ、浜石《はまいし》は津波《つなみ》の被害《ひがい》には、たびたびあってんだ。ばあちゃんが生まれるもっと前、ここがまだ村だったころにな、村全部《ぜんぶ》が飲《の》みこまれる大津波《つなみ》があったのさ。海の水が一気に引いて、それが山のようにふくらんでおしよせてくんだよ。この家もな、大津波《つなみ》でさらわれてしまってな、家はなくなったんたども、この蔵《くら》だけは残《のこ》ったんだとさ。んだよな？　じいちゃん。」

「ん。じいちゃんの父ちゃんが、子どものころの話だどもな。」

「ヒュー、ヒュー」という音は、ときどきとだえながらも、まだつづいている。

「こんな声の聞こえる日は、だあれも海に船を出さねんだ。船がコッパ島《じま》にぶつかって、こっぱみじん、、、、、、、こなごなにこわれてしまうからな。」

ばあちゃんは、まゆをよせた。

「コッパ島《じま》に行って、亡霊《ぼうれい》を見てみたいな。」

うっかりそう言ってしまうと、ばあちゃんはおこった。

「なに言ってんだか。そんなバチ当たりなこと。亡霊《ぼうれい》の話は本当なんだからね。」

「でもさ、亡霊《ぼうれい》なんて迷信《めいしん》にすぎないよ。」

「亡霊《ぼうれい》だけじゃねぇんだ。あの島《しま》は海の神様《かみさま》がやどってる神聖《しんせい》な場所《ばしょ》だから、島《しま》に上がっちゃだめなんだ。よそからきた釣《つ》り客《きゃく》は、上がりたがっけど、コッパ島《じま》には船をつける足場もねぇんだ。どうやったって島《しま》には上がれないのっさ。」

「へー。誰《だれ》も島《しま》に入ったことがないんだ。」

じいちゃんが口を開《ひら》いた。

「コッパ島《じま》には、人が入りこまねぇから、人に荒《あ》らされることもねぇ。だから、いろんなめずらしい動物《どうぶつ》や植物《しょくぶつ》や昆虫《こんちゅう》がおるらしいぞ。コッパ島《じま》は、迷信《めいしん》やら言い伝《つた》えやら、目に見えねぇいろんな物《もの》から守《まも》られてっからな。そこでなら生きていける生き物《もの》が現《あらわ》れてくるんだべな。」

「見たこともない昆虫《こんちゅう》がいるの？　見たいなあ。」

「ヒュー、ヒュー」というぶきみな声がいちだんと高くなった。そのとき、とつぜん庭《にわ》の草木がガサゴソとゆれ出して、人かげがボーッと浮《う》かび上がった。

「うわー。」

ぼくの叫《さけ》び声におどろいて、ばあちゃんも、「うへー」だか「うわー」だか言って、亡霊《ぼうれい》よりもこわい顔をしてぼくにしがみついた。正体は、将太《しょうた》だった。

「なんだよ。なんなんだよ、大和《やまと》。」

将太《しょうた》の方が、ぼくたちよりびっくりしたようだ。

「ごめん、将太。」

「大和がきてるって言うから、きたのによ。これ、母ちゃんが。」

将太は、ビニール袋《ぶくろ》をさし出した。中には大きなタコの足が、一本入っていた。

「あっ、これ、おばさんが洗《あら》ってたタコ？」

タコの足は、ものすごく太い。足が一本しか入っていないのに、ビニール袋《ぶくろ》がずしりと重《おも》い。

「将太もすわって、いっしょにトウモロコシを食べろ。」

じいちゃんが、将太にトウモロコシを手わたした。

「大和、ここに一カ月いられるんだべ？　いっぱい遊《あそ》べんな。あしたさ、海に行くべ。いいとこ、つれてってやっからよ。」

「うん、行く行く。」

「じゃあ、あしたな。」

将太は、トウモロコシを一本ペロリと食べると帰っていった。

2　秘密《ひみつ》の入《い》り江《え》

「大和《やまと》ー、じゅんびできたかー。」

次《つぎ》の日、将太《しょうた》は海パンすがたのままやってきた。夕べは気づかなかったけど、将太はすっかり日にやけてまっ黒で、白い歯《は》だけが目立つ。

「海パンのまま歩いてきたの？」

「あったりめぇじゃん。だって海に行くんだぞ。」

プールに行くようなかっこうをしていたぼくは、急《いそ》いで海パンにきがえた。

「おにぎり、持《も》ったよな。」

「持《も》った。」

ぼくは、リュックをたたいた。

「んで、行くべ。」

「気ぃつけて行ぐんだよー。」

ばあちゃんが叫《さけ》んだ。

ぼくたちはかけ出した。夏の太陽《たいよう》はじりじりとてりつけ、コンクリートの道路《どうろ》にはかげろうが立ちのぼり、ぼやけてゆらゆらとゆれている。

「将太《しょうた》、いいとこって、どこ？」

「秘密《ひみつ》の入《い》り江《え》。」

「秘密《ひみつ》の入《い》り江《え》？」

「見ればわかるって。近道すっぺ。こっちだ。」

将太は細い横道《よこみち》にそれた。ヤブをかきわけ石垣《いしがき》をのりこえると、神社《じんじゃ》のうら側《がわ》に出た。階段《かいだん》をかけおりていくと、すぐに国道に出た。海のにおいがただよってきた。

防波堤《ぼうはてい》を通りぬけると、目の前にまっ青な海と空が広がっていた。海の青と空の青がまじり、さかいめはぼんやりとかすんでいる。波《なみ》の音がぼくの全身《ぜんしん》をつつんだ。

「こっち。」

将太が細長い建物《たてもの》を指《ゆび》さした。そこは海で働《はたら》く人たちの作業場《さぎょうば》になっていて、黒いゴムのエプロンをかけたおじさんやおばさんたちが、いそがしそうにウニの殻《から》むきをしていた。ここは、魚や貝殻《かいがら》や投網《とあみ》にからみついた海藻《かいそう》なんかのにおいがまじり合い、生ぐさいにおいがする。

「くせえか？　おれはなれたけど。」

将太《しょうた》は平気《へいき》な顔をしている。

作業場《さぎょうば》を通りすぎ、山にはばまれた湾《わん》の行きどまりまできた。

目の前に、腰《こし》くらいの高さの堤防《ていぼう》があり、その下に巨大《きょだい》なテトラポット、その先には、波《なみ》しぶきを上げている太平洋《たいへいよう》がある。

将太は堤防《ていぼう》をのりこえ、テトラポットの上を歩き始《はじ》めた。テトラポットの間から、ずっと下の方に海面《かいめん》が見える。

「こんなとこ歩いて、だいじょうぶ?」

へっぴり腰《ごし》で、ぼくがつづいた。

「だいじょぶだ。こんどは岩場。」

山の斜面《しゃめん》は、海の方に出っぱっていて半島《はんとう》みたいになっている。その下には岩場がつづき、歩いていけるようになっていた。

岩場の磯《いそ》だまりには、ヤドカリや小魚が見える。岩のすきまからカニが顔を出したが、あわててかくれてしまった。

なん度《ど》も足をとられながら将太についていくと、山の反対側《はんたいがわ》にたどりついた。

そこは、白い砂浜《すなはま》が広がる入《い》り江《え》になっていた。

砂浜《すなはま》はきれいにならされ、誰《だれ》の足《あし》あともない。入《い》り江《え》の後ろは、こんもりとしげる緑《みどり》の山があり、大きくたれた木ぎの枝《えだ》は、すずしげな木かげを作っている。

海の水は透明《とうめい》で、底《そこ》の小石のもようまではっきりと見える。

「すごい！」

「この前見つけたんだ。大和《やまと》がきたら、二人だけの秘密基地《ひみつきち》にしようと思って、誰《だれ》にも言ってねぇんだぞ。」

やっぱり将太《しょうた》は、最高《さいこう》の友《とも》だちだ。

「泳《およ》ぐべ。」

将太はまっ先に海に飛《と》びこんだ。ザバザバと泳《およ》いでいくと、いきなりぼくにむかってなにかをふり回した。それは海パンだった。将太のやつ、海の中で海パンをぬいだんだ。ぼくはゲラゲラ笑《わら》った。そのうち手から海パンがすっぽぬけて、飛《と》んでいってしまった。将太はあわててそれをおいかけた。背中《せなか》の色とはまったくちがう、白いモモのようなおしりがちらりと見えた。またゲラゲラ笑《わら》った。

海の水は初《はじ》めのうちは冷《つめ》たく感《かん》じたけど、なれてくるとそれほどでもなくなった。ぼくたちは、コンブを腰《こし》にまいて、コンブ踊《おど》りをしたり、海に飛《と》びこんだり、とにかく三年分くらいは笑《わら》ったと思う。

「朝飯《めし》食ってこねがったから、腹《はら》へったな。早いけど、昼飯《めし》にするべ。」

将太《しょうた》は、山の斜面《しゃめん》の木かげにぼくを案内《あんない》した。そこは、草木にかこまれた小さな部屋《へや》のようになっていた。まん中には、テーブルのつもりなのか、まっ白い流木《りゅうぼく》が転《ころ》がっていた。その上に、プラスチックのカップが二つおいてあった。奥《おく》の方には石で作ったかまど、わきには木箱《きばこ》を横《よこ》にして作った道具《どうぐ》入れがあって、中に小さめの鍋《なべ》と、おたまやスプーンが入っていた。

「まるで部屋《へや》みたいだ。」

「いいべ。大和《やまと》がきたら、ここで飯《めし》を食おうと思って用意《ようい》してたんだ。今、火をおこすからな。」

将太は手ぎわよく、道具《どうぐ》入れからライターをとり出すと、かれ枝《えだ》を集《あつ》め火をつけた。リュックからとり出したペットボトルの水を鍋《なべ》に入れ、それがわき立つと、岩からむしりとってきたフノリとマツモを入れ、さいごに味噌《みそ》を入れた。将太がとてつもなくかっこよく見えた。

「よし、できたぞ。」

将太は、プラスチックのカップの中に熱《あつ》い味噌汁《みそしる》をそそいだ。味噌汁《みそしる》がこんなにおいしいとは思わなかった。

「おにぎりも食うべ。」

ばあちゃんが作ってくれたおにぎりは、まん丸で、全部《ぜんぶ》がノリでくるまれている。「まっ黒い爆弾《ばくだん》のようだ。」と将太《しょうた》が笑《わら》った。

食事《しょくじ》が終《お》わると、ぼくたちは海の見わたせる砂浜《すなはま》にならんですわった。黒く日やけした将太と、ぼくの白い腕《うで》がならぶと、まるでバニラとチョコのミックスソフトクリームのようだ。目の前には、いくつもの小島《こじま》が浮《う》かんでいる。将太は、その一つ一つの名前をおしえてくれた。

「入《い》り江《え》から一番近くにある島《しま》が、トンガリ島《じま》。横《よこ》がノコギリ島《じま》、あっちがゾウの鼻島《はなじま》……。」

「おもしろい名前だね。ほんとの名前？　将太がつけたの？」

「ほんとの名前だ。地図にのってんだ。それから、あの一番遠くの半島《はんとう》が、オイデ岬《みさき》。あのでっかい島《しま》は、コッパ島《じま》。」

「知ってる。夕べ、じいちゃんにおそわった。」

「ただの丸い島《しま》に見えっけど、外海《そとうみ》から見ると、ぎざぎざしてて、かれ葉《は》が海におちたみたいに見えんだ。木っ葉《こっぱ》のように見えっから、コッパ島《じま》っていう説《せつ》もあるし、船が島《しま》に近づくと、島《しま》にぶつかって、こっぱみじんにこわれちまうから、コッパ島《じま》っていう説《せつ》もある。」

「ふうん。」

ぼくはしばらくコッパ島《じま》を見つめていた。それから将太《しょうた》の方をむいて、

「将太、いっしょにコッパ島《じま》に行ってみないか。コッパ島《じま》にはさ、見たこともない生《い》き物《もの》がいるんだって。」

ぼくは、夕べからずっとコッパ島《じま》のことを考えていた。誰《だれ》も行ったことのない無人島《むじんとう》。そこには、見たこともないめずらしい生物《せいぶつ》が生息《せいそく》している。でも昔《むかし》からの迷信《めいしん》にしばられ、コッパ島《じま》の実態《じったい》は誰《だれ》も知らない。そこにぼくたち二人が上陸《じょうりく》したら、たいくつな浜石《はまいし》での生活が一変《いっぺん》する。

将太は、おどろいたようにぼくの顔をじっと見ていた。

「そんなの無理《むり》にきまってるべ。」

「なにが？」

「行けるわけねぇって。バチがあたる。」

「亡霊《ぼうれい》か？」

「ほんとだ。あそこには亡霊《ぼうれい》がすんでんだ。釣《つ》り客《きゃく》があそこに上陸《じょうりく》しようとして船を近づけたら、島《しま》の岩《がん》ぺきにぶつかって沈没《ちんぼつ》したんだ。ほんとだって。父ちゃんも言ってたんだ。」

将太《しょうた》までもがそんなことを言い出すなんて……。がっかりして、ため息《いき》が出そうになった。

将太は、漁師《りょうし》をしているお父さんを尊敬《そんけい》している。口に出して言わないけど、将太を見ていればわかる。ぼくはわざと大きくため息《いき》をついた。

「あーあ、なに言ってんだよ。そんなジジくさいこと。こんなに科学《かがく》が進歩《しんぽ》してるのに、そんなの信《しん》じてるのが変《へん》だって言ってんだよ。じいちゃんばあちゃんならわかるけど、将太までそんなの信《しん》じてるなんてさ。笑《わら》っちゃうね。」

将太は、むっとした顔でぼくをにらんだ。

「ぼくたちの夏休みだろ。なにかおもしろいことやろうよ。ぼくの姉ちゃんなんて悲惨《ひさん》だよ。受験《じゅけん》、受験《じゅけん》でさ。家じゅうピリピリしちゃって……。思いきったことできるのなんて、今しかないって。なっ、そうだろ？　将太。もし、いっしょに行ってくれたら、東京《とうきょう》に帰ったら、超《ちょう》うまい店のフライドチキンを十箱送《ばこおく》ってやる。それと、ドーナツ十箱《ばこ》もだ。」

と言うと、将太は初《はじ》めてこっちを見た。

「行こう、将太、コッパ島《じま》に。ぼくたちならぜったいできるって。」

両手《りょうて》をこすり合わせると、

「フライドチキン十箱《ぱこ》、ドーナツ十箱《ぱこ》、ぜったい忘《わす》れんなよ。」

と、やっとその気になってくれた。

一番最初《さいしょ》に、それを言えばよかった。


これから〝ぼくたちの夏〟が始《はじ》まる。

「じゃあ、またあしたここで作戦《さくせん》をねろう。んで、今日は帰るべ。」

将太《しょうた》が立ち上がった。

「もう？　もっと遊《あそ》んでよう。」

「だめなんだ。潮《しお》が満《み》ちてくると、岩場に波《なみ》がよせてもどれなくなるからな。ここにいられんのは、潮《しお》の引いたほんの数時間だけなんだ。」

将太は、すたすたと先に歩き出した。

岩場までくると将太の言った通り、さっきより波《なみ》がおしよせ、磯《いそ》だまりもなくなっていた。

3 作戦会議《さくせんかいぎ》

よく日、ぼくたちは、秘密《ひみつ》の入《い》り江《え》で、コッパ島《じま》に行くための作戦会議《さくせんかいぎ》を開《ひら》いた。

コッパ島《じま》は、泳《およ》いでいける距離《きょり》ではない。岸《きし》からだいたい二キロメートルある。島《しま》に行くには、船を使《つか》わなければならない。

「コッパ島《じま》には、船をつけられる場所《ばしょ》がないって言われてっけど、大潮《おおしお》の干潮《かんちょう》の時だけ、島《しま》の内部《ないぶ》に通じるトンネルが現《あらわ》れるって言い伝《つた》えがあんだ。コッパ島《じま》の外海側《そとうみがわ》。このぎざぎざした部分《ぶぶん》があんだろ？」

将太《しょうた》は、砂《すな》の上に棒《ぼう》きれで島《しま》の絵を描《か》いた。

「崖《がけ》と崖《がけ》のすきまの奥《おく》の方に、ふだんは海中にしずんでいるトンネルがあんだって。ま、言い伝《つた》えだから、ほんとにあっかどうかはわかんねぇけどな。」

「ある。ぜったいにある！　でさっ、その大潮《おおしお》ってなに？」

「知らねぇのかー？　大潮《おおしお》は、潮《しお》の満《み》ち引きが一番大きくなる日のこと。潮《しお》の満《み》ち引きって、月の引力に関係《かんけい》があるって知ってっか？　満月《まんげつ》と新月の時が、月の引力が一番大きくなる日で、大潮《おおしお》になるんだ。夕べも満月《まんげつ》だったべ？　今日も大《おお》潮《しお》なんだ。海を見てみろよ。干潮《かんちょう》の時刻《じこく》だから、ふだん海にしずんでいる岩が、こんなにたくさん見えるようになってっぺ。いつもはこんなに岩は見えねんだぞ。」

フジツボやコンブのはりついた岩が海面《かいめん》にたくさんすがたを現《あらわ》し、熱《あつ》い空気にさらされて、からからに乾燥《かんそう》してしまっている。遠くの景色《けしき》も、巨人《きょじん》が海水をがぶ飲《の》みしたみたいに水位《すいい》が下がり、山の斜面《しゃめん》がずっと下の方まで見えている。

「これだけ潮《しお》が引けば、海中にしずんでいるコッパ島《じま》のトンネルも現《あらわ》れるかも。」

「ほんとにトンネルがあればな。まずは準備《じゅんび》をしねぇとな。」

「こんどの大潮《おおしお》って、いつ?」

「大潮《おおしお》はだいたい二週間《しゅうかん》に一回の周期《しゅうき》だから、次《つぎ》はお盆《ぼん》のあたりかな? 潮汐表《ちょうせきひょう》を見ればはっきりすっけど。毎日の潮《しお》の満《み》ち引きが書いてあるカレンダーみたいなやつ。家に帰ったらちゃんと見ておくからよ。」

「二週間後《しゅうかんご》か。」

「問題《もんだい》は船だ。」

「将太《しょうた》の父ちゃんの船、なんとかならない?」

「父ちゃんの船はまずいべ。仕事《しごと》で使《つか》ってるし。おれたち二人がのれる手こぎの小さなさっぱ船でもあればいいんだけどな。」

ぼくたちは、いかだを作ることにきめた。丸太を集《あつ》めてロープでむすぶ。二人がのれればいいのだから、大きないかだを作る必要《ひつよう》はない。

「いかだの下に、養殖《ようしょく》に使《つか》っている丸いブイをいくつもくくりつけるべ。そうすれば、船が浮《う》きやすいし、安定《あんてい》する。」

こういうことになると、将太《しょうた》はほんとうに頭が回る。


それから数日間、ぼくたちは、いかだに使《つか》う丸太をさがした。漁港《ぎょこう》のまわりや、海岸《かいがん》ぞいをあちこち歩いたが、丸太は簡単《かんたん》に転《ころ》がっていなかった。

「おちてないなー。まわりに山があるんだから、丸太の一つや二つ、おちていそうなのにね。」

作業場《さぎょうば》のうらを、ぼくたちがぶらぶら歩いていると、仕事《しごと》をしてるおじさんが将太に話しかけてきた。

「なにやってんだ。こんなに暑《あつ》いのに泳《およ》ぎさ行かねぇのか?」

「今、ちょっといそがしいんだ。」

「ハッハッハッ。いそがしいようには見えねけどな。たいへんだな、子どもも。」

「まあね。」

ぼくたちは行きすぎたが、将太《しょうた》は足をとめ、おじさんに話しかけた。

「おじちゃん、この辺《へん》に、いらねぇ丸太ない？　夏休みの工作にちょっと大きいのを作って、みんなのおどろく顔を見てやろうと思ってさ。」

「そんなら、おじちゃんにまかせな。どれぐれぇあればいいんだ？」

「これくらいの大きさの丸太が、二十本ぐれぇあればいいかな。」

「ふーん、いかだでも作れそうだな。」

おじさんはなに気なく口にしたみたいだけど、ぼくたちはぎょっとあわててしまった。

「板《いた》きれでよかったら、浜辺《はまべ》の近くの土手に、使《つか》わなくなったさっぱ船がおいてあっから、その船、こわして持《も》ってってもいいぞ。」

その瞬間《しゅんかん》、ぼくたちは、「おじちゃん、ありがとうー。」と叫《さけ》びながら、かけ出していた。さっぱ船があれば、いかだなんか作らなくてもいい。

おじさんに言われた浜辺《はまべ》に行くと、小高くなった土手のような草むらの中に、小さなさっぱ船が、なんそうもおいてあった。

「すげー。ボロ船がこんなにあるぞ。船の墓場《はかば》だ。おれたちでよみがえらせっぺな。」

将太がいせいよく叫《さけ》んだ。港《みなと》の中で生《い》き物《もの》のようにゆれていた船とはちがい、

陸《りく》に上げられた船たちは老《お》いぼれ、ただ朽《く》ちはてていくのを待《ま》っているかのようだ。

この場所《ばしょ》はコッパ島《じま》に一番近い。仕事《しごと》をしているおじさんたちも、ここまではこないし、海水浴客《かいすいよくきゃく》もこんな小さな浜辺《はまべ》にやってこない。つまり、船を修理《しゅうり》するのも、海に出るのも、誰《だれ》にも見られずに作業《さぎょう》を進《すす》めやすいってことだ。こうなれば、コッパ島《じま》についたも同じだ。

だけど、それは大まちがいだった。船はがらくたばかりで、使《つか》えそうな船を選《えら》ぶのがたいへんだった。なんとか、中で一番まともな船を見つけた。赤いペンキがところどころ残《のこ》っている、二人のるのがやっというような小さな船だ。でも、このまま使《つか》うわけにはいかない。

「こんな船で海に出たら、自殺行為《じさつこうい》だ。コッパ島《じま》につく前に、おれたちの死体《したい》が、オイデ岬《みさき》に浮《う》かぶことになるぞ。徹底的《てっていてき》に修理《しゅうり》しなくちゃな。そっちの砂浜《すなはま》の方に船を持《も》っていくべ。ここじゃぁ、無理《むり》だ。」

二人で船を持《も》ち上げ、動《うご》かすことにした。

けれども、船は予想以上《よそういじょう》に重《おも》く、ピクリともしない。こんどはおしてみた。

「おーい、もっと力を入れろ！」

将太《しょうた》が、ものすごい顔をしてどなった。

「いーれてるって！」

けれども、船はがんとして動《うご》かない。こんな小さなさっぱ船が、こんなに重《おも》いとは思ってもみなかった。おしたり引いたり、なん度《ど》もやってみた。

「だめだ、ぜんぜん動《うご》かねえや。」

腰《こし》がへろへろにくだけそうになり、ぼくたちは船の墓場《はかば》で死体《したい》のように寝転《ねころ》がった。とっぱじめから大きなかべにぶち当たり、その日は重《おも》い足どりで家に帰った。

次《つぎ》の日、ぼくたちはさめた頭でじっくりと考えた。

「将太《しょうた》、どうする？　なにかいい方法《ほうほう》ないかな。」

「コ、コロを使《つか》ってみるべ。夕べ、おれ、思いついたんだ。丸太みたいなやつを船の下になん本もしいて、船をおすんだ。その前に、ここに生えてる草をかって、道を作らねえとだめだ。それにはいろいろ道具《どうぐ》を用意《ようい》しなくちゃ。大和《やまと》、こづかいあっか？　おれ、今、ピンチでさ。」

「ぼくもお金はない。だけど、たぶんあそこにならなにか道具《どうぐ》があると思うな。」

「あそこって？」

「じいちゃんちの蔵《くら》。」

4　蔵《くら》の中

じいちゃんとばあちゃんは、茶の間でテレビを見ていた。

ぼくたちは、気づかれないようにこっそりと蔵《くら》の中にしのびこんだ。

「おい大和《やまと》、懐中電灯《かいちゅうでんとう》、こっちにもむけろよ。」

ほこりっぽい蔵《くら》の中で、懐中電灯《かいちゅうでんとう》の明かりに浮《う》かび上がったのは、古ぼけて用ずみになった物《もの》ばかりだ。蔵《くら》の中は、がらくたの山だったが、コロに使《つか》えそうな丸太が見つかった。庭《にわ》の柵《さく》に使《つか》った残《のこ》りだ。さびてはいるけど、鎌《かま》もあった。古ぼけた食器棚《しょっきだな》の上に、細長い木を見つけた。

「あれ、なに?」

「やった。これ、船をこぐ櫓《ろ》だ。ぐんぐん進《すす》むぞ。」

将太《しょうた》が、櫓《ろ》をさすっている。

奥《おく》の方には、ぼろい階段《かいだん》が立てかけられ、二階《かい》に行けるようになっていた。

「ついでに二階《かい》も見て行こう。なにかがあるかもしれない。」

ギシギシきしむ階段《かいだん》をのぼった。目の前に小さな窓《まど》があった。蔵《くら》の扉《とびら》と同じような土かべの窓《まど》だ。鉄《てつ》のとめ金をはずし、おしてみた。全体重《ぜんたいじゅう》をかけて両手《りょうて》でおすと、ギギーッとにぶい音がして十センチくらい開《あ》いた。

窓《まど》のすきまから、海の水平線《すいへいせん》が見える。気持《きも》ちいい潮風《しおかぜ》が流《なが》れこんできた。

奥《おく》の方を見ると、作りつけの棚《たな》があって、いくつもの箱《はこ》がならび、そのわきに、つづらが積《つ》まれていた。

「お宝《たから》か？」

つづらのふたを開《あ》けると、中に、見るからに古めかしい花や龍《りゅう》の絵が描《か》かれた皿《さら》や、ゆがんだ形のつぼ、直径《ちょっけい》が五十センチほどの大皿《おおざら》などが入っていた。

「ちぇっ、つまんない。もう、出よう。」

もどろうとした時だ。棚《たな》の一番下の、

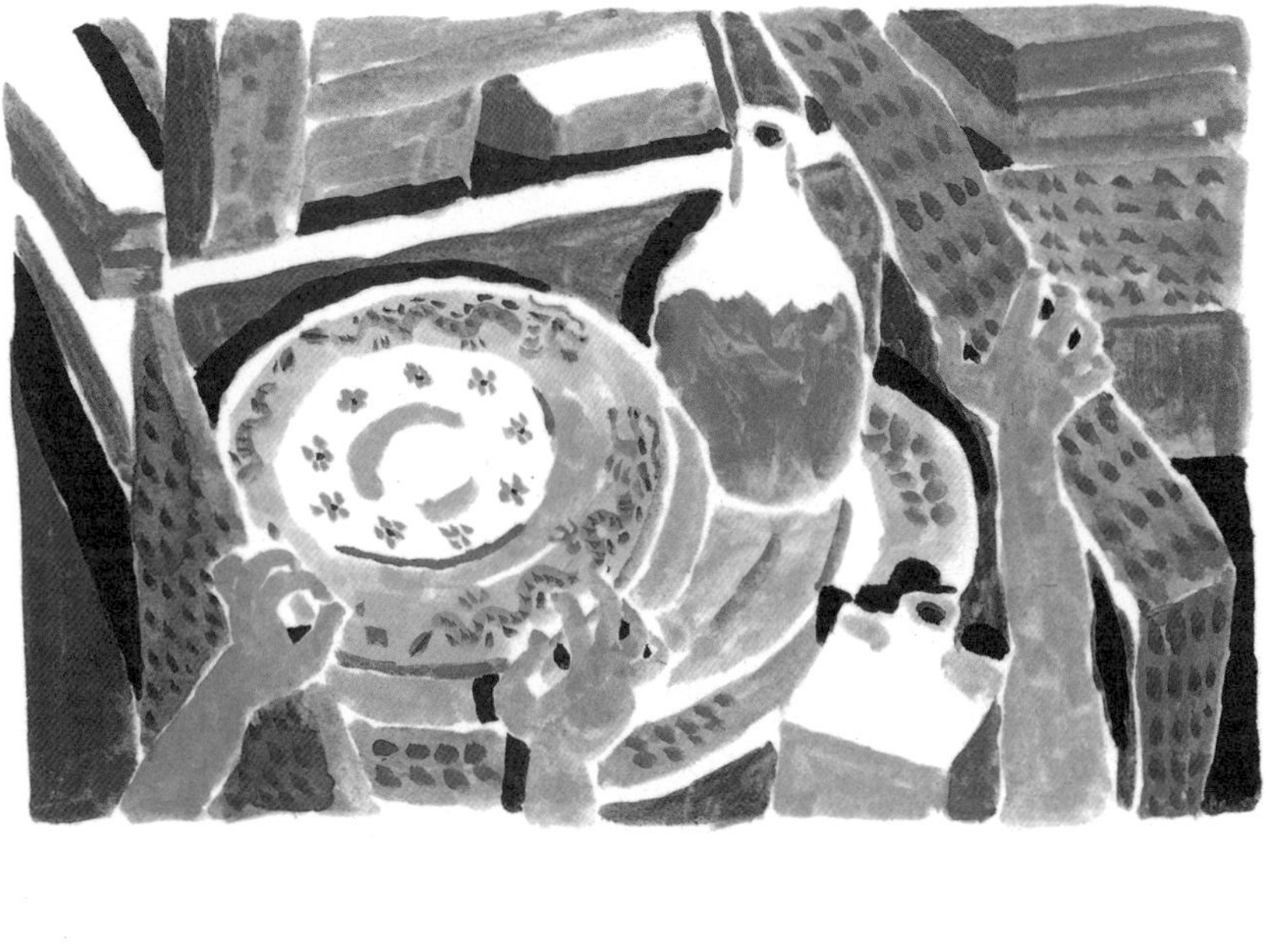

小さな紙箱《ばこ》に目がとまった。

「あれっ、なんだろ？」

そまつな箱《はこ》で、角がつぶれている。引っくり返《かえ》してみると、ゆがんだ文字で、『久一《きゅういち》』と書いてあった。

「じいちゃんの名前だ。なにが入ってるのかな？」

ものすごく興味《きょうみ》がわいてきた。子どものころ、じいちゃんは、ここになにを入れたんだろ。箱《はこ》に息《いき》をふきかけると、むせかえるほどのほこりがまい上がった。ぼくは小さくコホンとせきをして、ふたを開《あ》けてみた。平《ひら》たくて丸い石のようなものと、古ぼけて変色《へんしょく》した紙がおりたたまれて入っていた。

「なーんだ、ただの石か。」

石を手にとると重《おも》みが伝《つた》わってきた。大きさは直径《ちょっけい》が十センチくらいで、白っぽくてぶかっこうな丸い形をしている。厚《あつ》みは一センチくらいだろうか。かた側《がわ》の面《めん》は平《たい》らで、もうかた方はくぼんでいる。なでると意外《いがい》につるんとしている。

「気持《きも》ちがいいよ。将太《しょうた》もなでてみて。」

「ほんとだ。大和《やまと》のじいちゃんが、子どもの時にひろった石なんだな。紙にはなにが描《か》いてあんだ？　ずいぶん古い紙だな。もうぼろぼろだぞ。」

広げてみると、いたずら書きのようなゆがんだ丸いもようが描《か》かれていた。丸が太ったりやせたりして、一列《れつ》にならべていくつも描《か》いてある。

「将太《しょうた》、なんだと思う、これ。」

「月の絵でも描《か》いたのかなー。わかんねぇや。大和《やまと》、早いとこ船の墓場《はかば》さ行くべ。」

らんぼうに石を箱《はこ》にしまうと、櫓《ろ》や丸太などをこっそりと蔵《くら》から持《も》ち出した。

船の墓場《はかば》にもどると、すぐに作業《さぎょう》にとりかかった。

「草かりから始《はじ》めるべ。」

船が出やすいように草をかり、道を作るだけだから簡単《かんたん》にできると思ったが、それだけで、半日もかかってしまった。

次《つぎ》に、船の下にコロをしき、二人で力を合わせておしてみた。

少しずつ少しずつ船は動《うご》き出し、なんとか船を浜辺《はまべ》まで運《はこ》ぶことができた。

「やったー。」

「やっと、船の墓場《はかば》を脱出《だっしゅつ》できた。ツーッ。腰《こし》がいってぇ。」

日は暮《く》れかかり、体もつかれて限界《げんかい》だ。二人とも、これ以上《いじょう》の作業《さぎょう》はできそうになかった。

「そこの沢水《さわみず》で顔、洗《あら》うべ。」

そばに、山から流《なが》れ出た沢《さわ》が海にそそぎこんでいた。水量《すいりょう》もあり、小川のように流《なが》れている。

ぼくたちは、ひんやりと冷《つめ》たい沢《さわ》に入り、頭からザブザブと水をかぶった。

「潮汐表《ちょうせきひょう》を見たら、こんどの大潮《おおしお》は八月十四日から十七日の四日間だった。船の修理《しゅうり》に時間がかかりそうだから、出発《しゅっぱつ》は十七日にするべ。」

「十七日か、あと十一日しかないんだな。それまでに船を完成《かんせい》させないとね。」

「うん、急《いそ》ごう。あしたから船の修理《しゅうり》にとりかかるべ。」


いたむ体を引きずるように、家にもどってくると、じいちゃんが夕暮《ゆうぐ》れの中、縁側《えんがわ》にすわって枝豆《えだまめ》を食べながら、ちょっと早い晩酌《ばんしゃく》をしていた。

「ただいまー。」

じいちゃんの横《よこ》に、ドスンとすわった。

「お帰り。なんだか、つかれてるみてだな。」

「ううん、だいじょうぶ。遊《あそ》びすぎてさ。じいちゃん、あの蔵《くら》、どうするの？こわすの？」

「こわしたくはねぇがな。」

「そうだよ。こわすことないって。」

ぼくは蔵《くら》の中を見てから、ますます蔵《くら》が好《す》きになっていた。

「ハハッ。大和《やまと》、おめぇ、なんぼになった?」

「十一。」

じいちゃんはお酒《さけ》をひと口飲《の》み、フーッと息《いき》をはいて話し始《はじ》めた。

「十一かー。そうか。大和さ、蔵《くら》の秘密《ひみつ》おしえてやっか? じいちゃんが大和ぐれぇの時だったなー。悪《わる》さして蔵《くら》にとじこめられてな。まっ、いつものことなんだが。あれは満月《まんげつ》の晩《ばん》だった。ちっちゃな窓《まど》から入ってくる月明かりをたよりに、奥《おく》の方さ入っていくとな、じいちゃんのいつもすわるところに先客《せんきゃく》がいたんだ。」

「先客《せんきゃく》?」

「ん。河童《かっぱ》だ。海河童《うみがっぱ》がいたんだ。」

「へーっ。」

ぼくは、大げさにおどろいてみせた。

「この海にすんでる河童《かっぱ》なんだ。名前は、『カジ』って言うてな、背《せい》の高さは一メートルぐれぇのもんでな、顔が赤くて、ざんばら髪《がみ》で、ぱっと見た時にゃ、とても河童《かっぱ》には見えねかった。じいちゃんは大きなサルかと思ったんだ。だどもな、体にはぴかぴか光る緑色《みどりいろ》のうろこがついててな。」

「河童《かっぱ》が、この浜石湾《はまいしわん》にすんでたの？」

「んだ。ご先祖様《せんぞさま》は、ここの猿岩川《さるいわがわ》の上流《じょうりゅう》にすんでたらしいが、大雨の時に鉄砲《てっぽう》水《みず》に流《なが》されてな、浜石湾《はまいしわん》にたどりついて、はぁ、それからは海で暮《く》らすようになったんだどさ。」

お酒《さけ》を飲《の》んでいるせいか、じいちゃんはいつもより口がなめらかだ。

「なんでまた、この蔵《くら》の中にいたの？」

「じいちゃんも不思議《ふしぎ》に思って聞いてみたんだ。したらな、カジが言うには、海から上がって、港《みなと》の作業場《さぎょうば》のあたりをうろうろ歩いてたら、野良犬《のらいぬ》におっかけられてな、命《いのち》からがらにげてきて、たまたま扉《とびら》が開《あ》いてたこの蔵《くら》さにげこんできたんだど。どうしたこったか、カジの皿《さら》にはひびが入っててなー……。」

「皿《さら》って、頭の？」

「んだ。じいちゃんはな、蔵《くら》の二階《かい》で、カジのめんどうをみてやった。魚をとってきては、せっせと食べさせでやってな。そうしているうちに、カジはだんだん元気になっていった。じいちゃんとも、たいした仲《なか》よしになってな。だどもな、やっぱりカジは河童《かっぱ》なんだべな。蔵《くら》では暮《く》らせねかったんだ。いっつも仲間《なかま》のことを考えていたみてだ。毎晩《まいばん》、窓《まど》から外を見ては、『まだ帰れねぇ。まだ帰れねぇ』って言ってた。」

じいちゃんは、話をくぎって、コップのお酒《さけ》を飲《の》みほした。

「そんなある日、カジは突然《とつぜん》いなくなったんだ。じいちゃんが、いつものようにとったばかりの魚を持《も》って、蔵《くら》の二階《かい》に上がっていくとな、カジがいねぇんだ。じいちゃんになにも言わねで、いなくなってしまったんだ。よく見ると、蔵《くら》の中には犬の足あとがたくさんついててな。きっとカジは、蔵《くら》の中にまぎれこんだ野《の》良犬《らいぬ》におどろいて、あわててにげてしまったんだべな……。」

じいちゃんの目が、なんだかさびしそうだ。

「じいちゃん、カジって。」

ぼくが話そうとすると、

「大和《やまと》ー、帰ってたのかー？　お母さんから電話だよー。」

ばあちゃんの呼《よ》ぶ声がした。

5 台風《たいふう》

さっぱ船の修理《しゅうり》が、本格的《ほんかくてき》に始《はじ》まった。

まず、船の下に大きめの石をおき、安定《あんてい》させて作業《さぎょう》しやすいようにすると、船のゴミを集《あつ》めた。ゴミ袋《ぶくろ》は次《つぎ》つぎにいっぱいになっていった。

船体には、貝や海藻《かいそう》がこびりついている。それをスコップや金《かね》の板《いた》を使《つか》ってけずりおとした。

いいぐあいに、潮《しお》の流《なが》れがこの浜辺《はまべ》にむかっているため、たくさんの漂流物《ひょうりゅうぶつ》が流《なが》れつくらしかった。

ひろったバケツで沢《さわ》の水をくみ、船体にかけると、なん年ものあかが一気にとれたみたいに、どろのようなまっ黒い水が流《なが》れ出た。

「すげー、墓場《はかば》に眠《ねむ》っていたゾンビのあかみてぇだ。」

将太《しょうた》があきれていた。ぼくたちは、ゾンビ船をよみがえらせるため、タワシに力をこめて船をみがき始《はじ》めた。

「あのさ、ここいらへんで海河童《うみがっぱ》の話を聞いたことない?」

「なんだそれ？　かっぱ巻《ま》きの親戚《しんせき》か？　うめぇのか？」

ぼくが笑《わら》うと、将太《しょうた》も笑《わら》った。

「別《べつ》にいいんだ。なんでもない……。」


ぼくたちは、毎日、朝から晩《ばん》まで時間のあるかぎり、船の修理《しゅうり》に没頭《ぼっとう》した。

熱《あつ》い日ざしは休むことなくてりつけ、ミンミンゼミがさわがしく鳴き出した。アブラゼミの「ジーィジーィ」とがまじり合い、頭の中がガンガンしてくる。

それでも、ぼくたちは手を休めなかった。船は少しずつ、でも確実《かくじつ》によみがえってきていた。

板《いた》と板《いた》の間にわずかにすきまが開《あ》いていた。将太はそこにスギの木の皮《かわ》をつめようと言った。山からむしりとってきたスギの皮《かわ》をたたいて、ぐちゃぐちゃにつぶした物《もの》をつめこむのだ。これが根気《こんき》のいるめんどうな仕事《しごと》だった。

船尾《せんび》の、人がすわる板《いた》が、まっ二つにおれてこわれていた。そこには、別《べつ》の船からとってきた板《いた》をとりつけた。

そして楽しみは、沢水《さわみず》で冷《ひ》やしたジュースと、じいちゃんの畑《はたけ》でとれた野菜《やさい》だ。沢《さわ》に足をつっこみ、ぼくたちは生のキュウリやトマトにかぶりついた。みずみずしい野菜《やさい》の水分が、体じゅうにしみわたっていくような気がした。

修理《しゅうり》を始《はじ》めて、八日がすぎた。

「あと、四日で出発《しゅっぱつ》だな。あしたはちょっとリキ入れて朝早くからがんばんべー。」

「うん、もう少しだもんね、がんばろ。天気、だいじょうぶかな。」

ぼくたちは、雲の流《なが》れが速《はや》くなった空を見上げた。

おそれていた台風が、太平洋《たいへいよう》を北上していた。


よく日、テレビの天気予報《よほう》の通り、台風の影響《えいきょう》で朝から雨が降《ふ》り始《はじ》めた。

「今日は無理《むり》だな。」

将太《しょうた》から電話があった。

昼ごろにはどしゃ降《ぶ》りとなり、風が強くなってきた。

二階《かい》の部屋《へや》は、トタン屋根《やね》にたたきつける雨音でうるさいくらいだ。

窓《まど》の外を見た。なにもかもが白いカーテンにおおわれているみたいだ。

「こんなことしてられないのに。」

気持《きも》ちばかりがあせる。雨はやみそうもない。

船は、だいじょうぶなんだろうか……。

「行かなくちゃ。」

ぼくはかさ立てから一本ぬきとると、こっそり家をぬけ出した。

風がふきつけて、なかなか前に進《すす》めない。

かさはほとんど役《やく》に立たず、顔に当たる雨がいたくて、目を開《あ》けていられない。

港《みなと》の前を通ると、黒い雨合羽《あまがっぱ》を着《き》た漁師《りょうし》の人たちが、あわただしく船を岸《がん》ぺきにくくりつける作業《さぎょう》をしていた。時おり大きな波が岸《がん》ぺきをのりこえてくる。

「あぶねぇから、きてだめだーっ。早く、帰れ。」

漁師《りょうし》のおじさんにどなられた。

ぼくは、浜辺《はまべ》へと急《いそ》いだ。

途中《とちゅう》、突風《とっぷう》にあおられ、かさがオチョコになって飛《と》んでいった。

海は、きのうまでとすっかり表情《ひょうじょう》をかえていた。

荒《あ》れくるう大波《おおなみ》が、砂浜《すなはま》を飲《の》みこみ、船の墓場《はかば》近くまでおしよせている。

船はどこだろう。

ずっと沖《おき》の方に、小さな船が見えかくれしていた。

「たいへんだ！」

ぼくたちの夏が、きえていくように思った。

思わず波《なみ》うちぎわにかけよっていた。

そのときだ、ぼくの背《せ》たけよりずっと大きな波《なみ》が、目の前にせまったと思った次《つぎ》の瞬間《しゅんかん》、ぼくは海中《かいちゅう》を転《ころ》がっていた。

まっ白いあわに飲《の》みこまれ、体がなん度《ど》も回転《かいてん》した。

「助《たす》けてー。助《たす》けてー。」

海水を飲《の》みこんでしまった。

恐怖《きょうふ》で頭の中がまっ白になった。海面《かいめん》がどっちにあるのかもわからない。

「助《たす》けてー……。助《たす》けてー……。」

息《いき》がくるしい。死《し》んでしまうのかと思った時だ。

誰《だれ》かがぼくの腕《うで》をつかみ、明るい光の中に引き上げてくれた。思いっきり息《いき》をすいこんだ。

その人はそのままぼくをかかえると、波《なみ》の上をすべるように泳《およ》ぎ、陸《りく》に上がると、波《なみ》のこない砂浜《すなはま》にぼくを寝《ね》かせてくれた。

「ハーハー」と、なん度《ど》も息《いき》をした。のどがいたい。目もいたくて開《あ》けていられない。鼻《はな》の奥《おく》が、つーんとする。体をおこすこともできない。

誰《だれ》なんだろう？

ぼんやりかすむ目で海面《かいめん》を見ると、小さなかげが沖《おき》にむかって、大きくうねる波《なみ》の上をすいーすいーっと泳《およ》いでいく。

そして、いつのまにか見えなくなってしまった。


ぼくたちのさっぱ船は、どこかに流《なが》されてしまった。

「もう少しで完成《かんせい》だったのに、なんでこんな時に台風なんかくるんだよ。」

もう、コッパ島《じま》へは行けない。

「船がコッパ島《じま》に近づくと、島《しま》にぶつかって、こっぱみじんにこわれちまうから……。」

将太《しょうた》の言葉《ことば》が浮《う》かんだ。

知らず知らずに涙《なみだ》がこぼれた。

しょっぱい雨が口の中に入ってきた。

6　狛犬《こまいぬ》

なにもかもやる気がおきない。朝から二階《かい》の部屋《へや》で、ぼくはごろりと寝転《ねころ》んで、窓《まど》の外をながめていた。

台風から、六日がすぎた。今日は八月二十日。

将太《しょうた》は、今日で夏休みが終《お》わると言っていた。浜石《はまいし》の小学校では、夏休みが短《みじか》い。ぼくがここにいられるのも、あと十日間だけだ。八月三十日には、また一人で列車《れっしゃ》をのりつぎ、東京《とうきょう》に帰ることになっている。

ぼくは、すっかり食欲《しょくよく》がなくなっていた。おぼれた時の恐怖《きょうふ》が、ときどきよみがえった。流《なが》されていった船のすがたが、なん度《ど》もちらついた。コッパ島《じま》に行こうとしたことを後悔《こうかい》していた。上陸《じょうりく》してはいけないと言われている島《しま》に、行こうとしたからバチが当たったんだ。

あの時から急《きゅう》に元気のなくなったぼくに、ばあちゃんもじいちゃんも心配《しんぱい》していたけど、なにも話せなかった。

将太には、電話で船がなくなったことだけ伝《つた》え、あれから会っていない。

「ハーッ。」

頭の中が、ぐるぐる回っている。おぼれた時に見たものは、いったいなんだったんだろう。ぼくは誰《だれ》かに助《たす》けられた。そしてなんだかわからないかげを見た。目の錯覚《さっかく》だったのかな。ばあちゃんが言っていた海の神様《かみさま》だったのかな。あんな大荒《あ》れの海をすべるように泳《およ》ぐなんて、人間でないことは確《たし》かだ。そこまで考えて、ぼくはじいちゃんが話してくれた海河童《うみがっぱ》のことを思い出していた。河童《かっぱ》？

「まぁさか。」

そんなことまで考えるなんて、どうかしている。あの台風の日のことは忘《わす》れた方がいいんだ。

台風の雨は、蔵《くら》の土台の土も流《なが》してしまった。蔵《くら》はさらにかたむいてしまった。それいらい、じいちゃんは、すっかり無口《むくち》になった。

下の方で声がした。急《いそ》いでおりていくと、玄関《げんかん》に将太《しょうた》が立っていた。ぼくはほんとに、将太に悪《わる》いことをしたと思っていた。コッパ島《じま》に行こうとそそのかしたことを。だけどなんだか、それを口に出すのもこわかった。

「大和《やまと》、元気か？」

「うっ、うん……。」

「あのよー、父ちゃんが、となり町まで買い物《もの》に行くって言うからよ、いっしょに行かねぇか。うめーラーメン、食べさせてくれるってさ。」

将太《しょうた》はなにもなかったように、ふつうの顔をしてくれている。

「もちろん行く。」

町は、浜石湾《はまいしわん》にそそぐ猿岩川《さるいわがわ》の上流《じょうりゅう》にある。小さな商店街《しょうてんがい》に毛の生えたような町で、スーパーやホームセンター、食堂《しょくどう》なんかがたちならんでいる。

車は三十分くらい走り、大きなスーパーの駐車場《ちゅうしゃじょう》にとまった。

「父ちゃん、先に買い物《もの》行ってくっから。すぐもどっけど、おめだち、どうする？」

「ここで、ジュース飲《の》んで待《ま》ってる。」

「そうか。買い物終《ものお》わったら、あそこの店でラーメン食うべしな。磯《いそ》ラーメンがうめんだ。」

将太のお父さんは、スーパーの中に入っていった。

午後の日ざしは強く、車から出ると、アスファルトのてり返《かえ》しで、むわっとする熱気《ねっき》が立ちのぼってきた。自販機《じはんき》から買ったコーラも、すぐにぬるくなった。

「将太は、今日で夏休み終《お》わりなんだろ？」

「あっというまだったよ。いいよなー大和《やまと》は、まだ夏休みなんだべ？」

「でも、ぼくは冬休みが短《みじか》いもん。同じだよ。将太《しょうた》。あのー、ごめんな。」

ぼくは、ずっと言えなかった言葉《ことば》を口に出した。

「無理《むり》やりコッパ島《じま》にさそったりしてさ。将太の話、ばかにしてたけど、やっぱり、た、た、りってあるんだ。せっかくの夏休み、ぼくのせいで肉体労働《にくたいろうどう》だけで終《お》わってしまったね。」

「そんなことねぇよ。おれも、あの島《しま》に行ってみたかったんだ。楽しかったよ。」

だけど、ぼくたちは前みたいに、はしゃげなくなっていた。

ふとスーパーのわきを見ると、赤い鳥居《とりい》が見える林があった。

「すずしそうだから、あっち行ってみようか。」

「あそこ、神社《じんじゃ》なんだ。お参《まい》りでもすっか?」

あき缶《かん》を、ゴミ入れにほうりなげると、神社《じんじゃ》まで走った。

鳥居《とりい》の両《りょう》わきに、一対《つい》の狛犬《こまいぬ》がすわっていた。あたりは高い木ぎにかこまれ、コケむしたしき石がずっと社殿《しゃでん》までつづいていた。

社殿《しゃでん》の前に行き、鈴《すず》のついたひもを思いきりふると、カランカランと、気のぬけた音がした。ぼくは目をぎゅっとつぶり、両手《りょうて》をきっちりと合わせた。

「海の神様《かみさま》か亡霊《ぼうれい》かわからないけど、ぼくたちのことを怒《おこ》っているなら、おゆるしください。もう二度《ど》とコッパ島《じま》に行こうだなんて思いません。」

将太《しょうた》をちらりと見ると、ぎゅっと目をつぶり、真剣《しんけん》になにかおがんでいる。目を開《あ》けた将太と目があった。ぼくたちは、なんとなくへへッと笑《わら》った。

「そろそろ父ちゃんくるかな。もどるべ。」

しき石を一つ飛《と》ばしにジャンプしながら鳥居《とりい》の前にくると、狛犬《こまいぬ》の頭に目がとまった。

「この狛犬《こまいぬ》、かわってるね。」

頭に円形のくぼみがあって、水がたまっている。

「ほんとだ。穴《あな》が開《あ》いてら。水がたまって、まるで河童《かっぱ》みてぇだな。」

「河童《かっぱ》？」

「どうした？　そんなびっくりした顔してよ。ただ、思っただけだよ。」

ぼくはまた、じいちゃんの話を思い出していた。確《たし》かじいちゃんは、海にすんでいる河童《かっぱ》のご先祖《せんぞ》は、猿岩川《さるいわがわ》から浜石湾《はまいしわん》に流《なが》されてきた河童《かっぱ》だって言っていた。

「将太《しょうた》。猿岩川《さるいわがわ》の上流《じょうりゅう》に、河童《かっぱ》がすんでいたなんてこと、聞いたことない？」

「ねえな。河童《かっぱ》の話なんて、聞いたことねえよ。どうしたんだ？」

そのとき、スーパーの袋《ふくろ》を下げたおばあさんが、ぼくたちのわきをすりぬけ、社殿《しゃでん》の前まで歩いていった。なれた手つきで、カランカランと鈴《すず》をならすと、両《りょう》手《て》を合わせ、すぐさま戻《もど》ってきた。ぼくは思いきって声をかけた。

「おばあさん、この狛犬《こまいぬ》なんだけど。どうして頭に穴《あな》があるんですか？」

おばあさんは足をとめ、ぼくたちの方を見ると、

「あー。ちょっとかわってるべ。この狛犬《こまいぬ》はな、『河童《かっぱ》狛犬《こまいぬ》』って言うんだよ。」

「河童《かっぱ》？」

ぼくの心臓《しんぞう》がドキンとした。

「昔《むかし》な、ここの猿岩川《さるいわがわ》には、河童《かっぱ》がすんでたって言う伝説《でんせつ》があんだよ。河童《かっぱ》は、たいしたいたずら者《もの》だったども、いいとこもあってな、この神社《じんじゃ》の火事《かじ》の時に、火をけすのを手伝《てつだ》ったんだどさ。頭の皿《さら》からな、ピューッと水を出して火をけし

たんだどさ。ヒエッヒエッ。だから、この神社《じんじゃ》には、河童《かっぱ》の狛犬《こまいぬ》をおいてるんだどさ。」

「ほんと？　猿岩川《さるいわがわ》には河童《かっぱ》がいたの？」

「ほんとだども。昔《むかし》は河童《かっぱ》を見たっていう人もいっぱいいたしね。だども、今じゃ、この猿岩川《さるいわがわ》に河童《かっぱ》の言い伝《つた》えがあることも知らねぇ人の方が、多いんでねえべかね。まっ、時代の流《なが》れなんだべね。大きなスーパーができるようになってしまっては、河童《かっぱ》もかげをひそめたんだべな。そう言えば、こんな話も聞いたことがある。なんでも、昔《むかし》、大雨が降《ふ》ってな、山からの鉄砲水《てっぽうみず》で、河童《かっぱ》が海まで流《なが》されてしまったんだどさ。それからは、猿岩川《さるいわがわ》

には河童がいなくなってしまったんだど。だからだべかね、ここいらへんで、河童《かっぱ》の話がきえてしまったのは。まっ、これも、言い伝《つた》えだがらね。ハハハ、そいじゃ、またな。」

そう言って笑《わら》うと、おばあさんは駐車場《ちゅうしゃじょう》の方に歩いていった。

「おい大和《やまと》、どうしたんだよ。さっきから呼《よ》んでんのに。」

「ちょっと気になることがあるんだ。あした話す。確《たし》かめてみるよ。」

「なにを？」

「おおーい、将太《しょうた》ー、大和ー、ラーメン食うぞー。」

将太のお父さんが、駐車場《ちゅうしゃじょう》の方で手をふっていた。

その晩《ばん》、ばあちゃんは台所《だいどころ》で夕飯《ゆうはん》の後《あと》かたづけを始《はじ》めて、茶の間にはじいちゃんとぼくの二人だけになった。

じいちゃんは、テレビにかじりつくようにして、野球《やきゅう》のナイター中継《ちゅうけい》を見ている。

ぼくは思いきって話しかけた。

「あのさ、じいちゃん。前に、ぼくに河童《かっぱ》の話をしてくれたことあったじゃん？」

「んー？」

「ほらっ、じいちゃんが子どものころ、蔵《くら》にとじこめられてさ、そのときに、蔵《くら》の中に河童《かっぱ》がたおれてたって。」

「……。」

「ほらっ、じいちゃん、忘《わす》れた？　言っただろ？」

「んー。河童《かっぱ》の話。そんな話、したっけがな。」

じいちゃんは、ときどきボケたふりをする。

そして、ぼくは、ほんとにボケたんじゃないかと思う時がある。

「じいちゃん。」

ぼくが話しかけようとすると、

「よし！　いいぞ！　回れ、回れ。」

じいちゃんはテレビを見て、腕《うで》をふり回している。どうやら、じいちゃんは、もう河童《かっぱ》のことには、口をつぐむ気なんだ。

7 ホタテ河童《がっぱ》

正午を知らせる歌のメロディが、拡声《かくせい》機《き》から響《ひび》きわたった。始業式《しぎょうしき》はとっくに終《お》わっているはずなのに将太《しょうた》がこない。

ぼくは作業場《さぎょうば》近くの日かげにしゃがみこんで待《ま》ちくたびれていると、やっと将太がまっかな顔をして走ってきた。

「わりー。夏休みの読書感想文《かんそうぶん》、まだ書いてなくってさー、残《のこ》されちまった。さ、そこ、のぼるべ。」

将太は、作業場《さぎょうば》のわきに積《つ》まれているホタテ塚《づか》に上がった。ホタテの殻《から》が山のように積《つ》まれている。

ぼくたちは、ならんですわった。おし

りの下がジャリジャリする。作業場《さぎょうば》のにおいも、気にならなくなっていた。

「で、大和《やまと》どうしたんだ？　なにがあったんだ？」

ぼくは、一つ息《いき》をはき出してから話し始《はじ》めた。

「河童《かっぱ》なんだ。海河童《うみがっぱ》。じいちゃんが話してくれたんだ。六十年前、じいちゃんがぼくぐらいの年に、蔵《くら》の中で海河童《うみがっぱ》に会ったたって。」

できるだけ細かいところまで話して聞かせた。

「ハハハッ、おもしれー話だ。」

「まるっきりうその話だと思う？　猿岩川《さるいわがわ》には、ほんとに河童伝説《かっぱでんせつ》があったんだよ。きのう、おばあさんが言ってたろ。昔《むかし》は、河童《かっぱ》を見た人もたくさんいたって。鉄砲水《てっぽうみず》に流《なが》されたって話も、じいちゃんの話と、ぴったり一致《いっち》するしさ。」

「けどよー、じいちゃん、伝説《でんせつ》を知ってて、大和をからかったんじゃねぇか？」

「そうかな……。」

「どうしたんだ。いつもの大和らしくねえぞ。伝説《でんせつ》なんて信《しん》じねぇんじゃなかったのか？」

「ぼく、くわしく話してなかったけど、この前の台風の日、船が心配《しんぱい》になって浜辺《はまべ》に行ったんだ。そしたら、すっごい波《なみ》がきておぼれてしまってさ。その時にぼく、誰《だれ》かに助《たす》けられたんだ。もう死《し》んじゃうんじゃないかと思って、目もかすんでたんだけど、沖《おき》に泳《およ》いでいくなにかのかげを見たんだ。」

「ヒェー、台風の日に海に行ったー!?　しかもあの日は大潮《おおしお》だったんだぞ。これだから都会《とかい》っ子は。ま、過去《かこ》はいいか。で、それが、じいちゃんの言ってた河童《かっぱ》じゃないかって思ってるんだな?」

将太《しょうた》は、もう笑《わら》わなかった。

「じいちゃん、ほらふきだし、よっぱらってたから、ぼくも自信《じしん》ないけど。あの時のじいちゃん、いつもとちがってたんだ。」

「でも、海河童《うみがっぱ》は、どこにすんでいるんだ?　おれ十一年間ここにすんでっけど、そんな話聞いたこともねぇぞ。」

「まだわかんないけど、コッパ島《じま》じゃないかと思うんだ。あの島《しま》なら、誰《だれ》も近づかないんだろ?　河童《かっぱ》には、誰《だれ》にもじゃまされないかくれ家になる。」

「そっかー。あそこなら誰《だれ》にも見つからずに、ひっそりすみつけるな。」

「そう思うだろ?　それに、コッパとカッパって似《に》ているだろ?　つながりがありそうな気がしない?」

「大和《やまと》、もう一度《ど》じいちゃんに聞いてみろよ。あの話が本当だったのかどうか。」

「夕べ、聞いてみた。だけど、じいちゃん、なにも話してくれなかった。」

「そうだ、猿岩川《さるいわがわ》の上流《じょうりゅう》の沢野《さわの》町ってとこに、うちのひいばあちゃんがすんでんだ。母ちゃんのばあちゃんなんだけどな。今夜、母ちゃん、とれたてのウニを持《も》って行くって言うから、おれもいっしょに行って、河童《かっぱ》の話、聞いてきてやるよ。ひいばあちゃんなら、きっとなんでも知ってるよ。帰ってきてから電話する。早い方がいいべ?」

「うん。できるだけ。」

「だけど、大和《やまと》もかわったな。」

そうかもしれない。ぼくの中でなにかが少しずつかわっているのかもしれない。

「そういえば、河童《かっぱ》のカジは、この作業場《さぎょうば》のあたりをうろうろしていた時に、野良犬《のらいぬ》においかけられたんだってさ。」

「こんなところで、なにしてたんだべな。」

将太《しょうた》が、ホタテの殻《から》を一枚《まい》手にとると、頭にのせて、

「河童《かっぱ》でござる。」

と、おどけてみせた。その顔があんまりおかしくて、思いきり笑《わら》った。ぼくもまねをしてホタテの殻《から》を頭にのせた。

そのとき、どこからか「カンカン……」と鐘《かね》の音がした。作業場《さぎょうば》のわきから、小さなリヤカーに屋根《やね》をつけ、青い容器《ようき》をのせたアイス屋《や》のおばちゃんがひょっこりと、すがたを現《あらわ》した。夏の間だけ売り歩く、浜石名物《はまいしめいぶつ》のアイス屋《や》さんだ。

「おれ、ちょうど二百円持《も》ってんだ。アイス食おう。おばちゃーん。」

将太《しょうた》が声をかけると、アイス屋《や》のおばちゃんは、鐘《かね》をとめて近づいてきた。

「毎度《まいど》どうもー。」

アイス屋《や》のおばちゃんは、明るい声でにっこりすると、容器《ようき》のふたを開《あ》けた。中にはシャーベット状《じょう》のタマゴ色のアイスが入っている。

「アイス、二つ。」

将太が言うと、おばちゃんはアイスをかき回し、それから、三角のコーンの上に、ヘラですくってもりつけてくれた。

「はー、今日は少しすずしいけど、やっぱり歩くと暑《あつ》いね。ちょっと休んで行くべがな。」

おばちゃんは手ぬぐいをとり出し、汗《あせ》をふいた。木かげにリヤカーを引っぱりこむと、そばにあったペンキがはげたベンチに腰《こし》かけた。ぼくたちも、その横《よこ》にすわった。

アイ

おばちゃんは汗《あせ》をふきながら、「浜風《はまかぜ》が気持《きも》ちいいねー。」とか、「今年の夏は、暑《あつ》いねー。」とか世間話《せけんばなし》をしたあと、ぼくたちの方を見て、言った

「フフッ、あんただち、ホタテの殻《から》を頭にのせてたべ。おばちゃん、それ見て、ホタテ河童様《がっぱさま》かと思ったんだよ。ハハッ。」

ぼくは、アイスをおとしてしまいそうになり、将太《しょうた》は口のまわりにアイスをつけたままポカンとしている。

「ホタテ河童《がっぱ》?」

「んだよ。なんでもホタテの殻《から》を頭にのせたホタテ河童《がっぱ》が、この海にすんでるんだってさ。あんただちのかっこうが、そのホタテ河童《がっぱ》の兄弟のようで、おかしかったのさ。」

「おばちゃん、それ、ほんとか? ほんとにそんな河童《かっぱ》がすんでんのか?」

「ハハハッ。ずっと昔《むかし》に、わたしのおばあちゃんから聞いた話だからね。でも、おばちゃんは、いると思ってるよ。ホタテ河童様《がっぱさま》はね、海の守《まも》り神様《がみさま》なんだって。だからね、この海でとれたカキやホタテやワカメはおいしいし、魚もたくさんとれんだってさ。おばあちゃんは、実際《じっさい》にそのホタテ河童様《がっぱさま》を見たって言ってたからね。なんでも、津波《つなみ》の時に海に浮《う》かんでたんだってさ……。」

「ほんと?」

こんどは、ぼくたち同時に叫《さけ》んだ。

「ホタテ河童様《がっぱさま》は、とっても皿《さら》を大事《だいじ》にしているんだって。河童《かっぱ》の皿《さら》は河童《かっぱ》にとっては命《いのち》の次《つぎ》にたいせつなものでね、力の源《みなもと》だって。河童《かっぱ》は、皿《さら》のおかげで力を出すことができるんだってさ。馬だって持《も》ち上げることができるんだと。でもね、皿《さら》がわれてしまうと、よれよれになって立って歩くこともできなくなるんだって。」

「ふーん。」

アイス屋《や》のおばちゃんから聞き出せたのは、そこまでだった。

河童《かっぱ》の伝説《でんせつ》などまるでないと思っていた浜石《はまいし》にも、河童《かっぱ》の言い伝《つた》えはあった。

けれど、じいちゃんが言っていたのは海河童《うみがっぱ》だ。

海河童《うみがっぱ》とホタテ河童《がっぱ》。まったくちがうものなのだろうか。それとも、同じものなんだろうか。頭がこんがらかりそうだ。

8　忘《わす》れ物《もの》

今夜は月が明るい。山のりんかくが白く光り、庭《にわ》に、蔵《くら》の長いかげがのびている。

ぼくは一人、縁側《えんがわ》にすわった。

「そうしてっと、じいちゃんの背中《せなか》に似《に》てんな。」

ばあちゃんが、笑《わら》いながらメロンを持《も》ってきてくれた。

「じいちゃん、もう寝《ね》たの？」

「なんだかだるいって言ってね。じいちゃん、蔵《くら》があんなになってから、すっかり気がぬけてしまったみてだな。」

「だいぶかたむいたもんね。じいちゃん、どうしていつも蔵《くら》を見てたのかな？」

「んだなー。年とると、昔《むかし》のことがなつかしくなるんだべな。カヤぶき屋根《やね》だったこの家も、改築《かいちく》してしまったしな。昔《むかし》のままなのはあの蔵《くら》ぐらいのもんだからな。じいちゃんの、大事《だいじ》な思い出がたくさんつまってるんだべな。」

「ばあちゃんは、じいちゃんの気持《きも》ちがよくわかるね。」

「ハハハ。四十年もいっしょにくらしてるからな。だども大和《やまと》、じいちゃんは、蔵《くら》をこわすってきめたんだよ。」

「えっ！」

「こんなになっちゃ、あぶねぇからな。大和《やまと》たちが遊《あそ》びにきた時に、けがでもしたらたいへんだからって。来月、工事《こうじ》の人をたのむことにしたんだよ。」

こんど浜石《はまいし》にきた時には、もうこの蔵《くら》はなくなっている。

「じいちゃん、いいの？　この蔵《くら》がなくなっても。」

「しょうがねぇのさ……ハア。そう言えばな、じいちゃん、誰《だれ》かが蔵《くら》に忘《わす》れ物《もの》をとりにくるって言ってたことがあったんだよ。」

「えっ、忘《わす》れ物《もの》？　忘《わす》れ物《もの》って、いったいなんなの？　誰《だれ》の忘《わす》れ物《もの》？」

ぼくの剣幕《けんまく》に、ばあちゃんはきょとんとしていた。


将太《しょうた》から電話《でんわ》があったのは、夜も九時をすぎてからだった。

「ひいばあちゃんな、猿岩川《さるいわがわ》の河童《かっぱ》のこと知ってたぞ。」

「ほんと？」

「うん、会って話したいんだけどよ、じつはさ、夏休みの算数のドリルと漢字《かんじ》の書きとりの宿題《しゅくだい》もまだ終《お》わってなくて、母ちゃんが、もう家から外に出してくんねえんだ。」

「わかった。ぼくも将太《しょうた》に話があるんだ。さっき、ばあちゃんから聞いたんだけど、じいちゃんは、蔵《くら》に誰《だれ》かが忘《わす》れ物《もの》をとりにくるって言ってたんだって。」

「誰《だれ》かって、河童《かっぱ》か？」

「ぼくもそう思う。きっとカジが蔵《くら》になにかを忘《わす》れていったんだ。じいちゃんは、カジがくるのをずっと待《ま》っていたんだよ。だから、蔵《くら》をこわしたくなかったんだ。」

「そっか！」

「だけど、来月、蔵《くら》をこわすことにしたんだって。この間の台風で、土台がくずれちゃってさ。」

「じいちゃん、ずっと待《ま》ってたんだべ？　あきらめんのか？」

「しょうがないんだ。」

ばあちゃんの言葉《ことば》をくりかえした。

「忘《わす》れ物《もの》って、なにか、わかってんのか？」

「それはわからない……。ばあちゃんも聞いてないって。」

「そっか。なんだべな、忘《わす》れ物《もの》って。」

「将太。今夜《こんや》、こっそり家をぬけ出せない？　六十年前にじいちゃんが、蔵《くら》の中で河童《かっぱ》に出会ったことから始《はじ》まってるんだ。事件《じけん》の謎《なぞ》を解《と》くなら現場《げんば》をさぐれだ。カジの忘《わす》れ物《もの》を二人でさがそう。もう時間がない。」

「よし、わかった。かならず行く。ひいばあちゃんの話もそん時だ。でよ、なん時に行ったらいいんだ?」

「今夜十一時だったら、ばあちゃんも寝《ね》ていると思うから。」

「オーケー。おれが合図を出すから、そしたら出てこいよ。おたがい見つかんねぇように気をつけっぺな。」

「わかった。」


十時をすぎた。ばあちゃんは、お気に入りの俳優《はいゆう》が出ている時代劇《じだいげき》スペシャルを見て、テレビの前から動《うご》かない。ぼくはいらいらしてきた。

「もう寝《ね》た方がいいよ。ぼくは、寝《ね》るからね。」

わざと眠《ねむ》たそうに、二階《かい》に上がった。窓《まど》のあみ戸から外を見た。ふくらんだ半月が見えている。田舎《いなか》は日がしずむと、とたんにまっ暗《くら》になってしまう。

ドドーンと、波《なみ》の音が響《ひび》いている。今夜は、海が荒《あ》れているようだ。

庭《にわ》に、蔵《くら》のかげが浮《う》かび上がっている。あの中になにがあるんだろう。

すべての謎《なぞ》は蔵《くら》の中だ。もうじき、その謎《なぞ》がはっきりする。

その時、下で、ガチャーン！　と大きな音がした。あわてて階段《かいだん》をかけおりると、台所《だいどころ》からばあちゃんが顔を出した。

「なんでもねえ。皿《さら》をかたづけようとして、手がすべってしまったんだ。」

台所《だいどころ》の床《ゆか》の上で、皿《さら》がまっ二つにわれていた。

「もったいねぇ。大事《だいじ》な皿《さら》だったのに。」

ばあちゃんは、古新聞をとってくると手ぎわよくかたづけ始《はじ》めた。

「手伝《てつだ》うよ。」

「いいから。かけらが飛《と》んでっから、ケガすっから。いいから、部屋《へや》さもどりな。」

ばあちゃんも、ここをほうきではいたら、

寝《ね》っから。」

ぼくは、ゆっくりと階段《かいだん》を上がった。

『ホタテ河童様《がっぱさま》は、とっても皿《さら》を大事《だいじ》にしていたんだって。』

とつぜん、アイス屋《や》のおばちゃんの言葉《ことば》がよみがえった。皿《さら》。大事《だいじ》な皿《さら》?

『皿《さら》がわれてしまうと、河童《かっぱ》はよれよれになって、立って歩くこともできなくなるんだって。』

ひびが入っていた河童《かっぱ》の皿《さら》。大事《だいじ》な皿《さら》。忘《わす》れ物《もの》。

将太《しょうた》と蔵《くら》にしのびこんだあの時のことが、テレビの映像《えいぞう》のように浮《う》かび上がった。

「河童《かっぱ》の皿《さら》!」

自分《じぶん》でつぶやき、ドキンとした。『久二《きゅういち》』。じいちゃんのゆがんだ文字が浮《う》かんだ。

「あっ、あれだ!」

頭にカーッと血《ち》がのぼり、心臓《しんぞう》がドカドカと早く鳴り出した。

下が静《しず》かになった。二階《かい》の窓《まど》から外を見ていると、庭《にわ》の草むらがごそごそとゆれ、「ニャーオ、ニャーオ。」と将太の声がした。へたなネコのまねだ。

ばあちゃんに気づかれないかとひやひやしながら、あわてて階段《かいだん》をおりると、くつをひっかけ、急《いそ》いで外に出た。

将太《しょうた》がかけよってきた。

「ネコの声、聞こえたか？　おれの合図だったんだぞ。」

「わかりすぎるくらいだった。いいから、早く行こう。」

蔵《くら》の中はまっ暗《くら》だ。懐中電灯《かいちゅうでんとう》のスイッチを入れると、蔵《くら》の中がボーッと浮《う》かび上がった。

「二階《かい》に行こう。」

ギシギシきしむ階段《かいだん》をのぼった。

「この蔵《くら》、この前よりなんだかゆがんでねえか？　だいじょぶなんだべな？　突《とっ》然《ぜん》くずれたりしねぇべな……。」

「しんぱいするな。窓《まど》、開《あ》けよう。」

二人で力を合わせて、窓《まど》をおし開《あ》けた。さわやかな浜風《はまかぜ》がふきこんで、蔵《くら》の中がほのかに明るくなった。

「将太のばあちゃんの話だ。」

「それがよ、びっくりするぞ。ひいばあちゃんが言うにはよ、やっぱり猿岩川《さるいわがわ》の上流《じょうりゅう》には昔《むかし》、河童《かっぱ》がすみついていたって言うんだ。ひいばあちゃんも、河童《かっぱ》を見たって。ぜったいに河童《かっぱ》だったたってな。でな、その河童《かっぱ》、顔は赤くて、ざんばら髪《がみ》なんだとよ。」

「じいちゃんの言ってた海河童《うみがっぱ》と同じだね。」

「同じなのはそこまでで、赤い顔でざんばら髪《がみ》だけど、うろこはないって言うし、背《せ》の高さも五、六十センチほどだったってよ。ひいばあちゃんは、うろこのある河童《かっぱ》なんて、聞いたこともねぇって言ってたぞ。だけど、魚でもな、川で生まれた魚が海に行って、また川にもどってくると、体はものすごくでかくなんだろ。色だって、海から川にもどってきて産卵《さんらん》の時期《じき》になるとよ、体が赤くなる魚もいるだろ。サクラマスとかな。だからおれ、海で生活するようになった河童《かっぱ》もよ、川にいた時とは体がかわってても、不思議《ふしぎ》はねえように思うんだけどな。」

「そうか。河童《かっぱ》も海で暮《く》らすようになってから、いろんなとこがかわってしまったのかもしれないね。」

「で、カジの忘《わす》れ物《もの》ってなんだべな？　ほんとにここにあんのか？」

ぼくは、懐中電灯《かいちゅうでんとう》をてらしながら奥《おく》の方に進《すす》むと、棚《たな》の下から、じいちゃんの名前の入った紙箱《ばこ》を持《も》ってきた。

「それ、前に見たよ。大和のじいちゃんの石が入っているやつだべ。」

ぼくは、懐中電灯《かいちゅうでんとう》を将太《しょうた》に手わたし、箱《はこ》から石と紙きれをとり出した。

また将太《しょうた》から懐中電灯《かいちゅうでんとう》をとり上げると、石をてらした。

「ぼくさ、カジの忘《わす》れ物《もの》がわかったんだ。これだ。これね、石じゃないんだ、河童《かっぱ》の皿《さら》だと思うんだ。」

「河童《かっぱ》の皿《さら》ー？」

将太は、これ以上《いじょう》はおどろけないといった顔をした。

「うん、河童《かっぱ》の頭にのってる皿《さら》。それでね、カジは、この蔵《くら》にきた時、皿《さら》にひびが入ってよれよれだったって。なにかその石に、あとが残《のこ》ってないかな？」

「ここを見ろ。なんだかすじが入っているぞ。」

「ほんとだ！」

石のはしの方から五センチほど、かすかにすじが入っている。

「将太、やっぱりこれはカジの皿《さら》なんだ。カジが大事《だいじ》にしていた物《もの》だから、じいちゃんは、かならずとりにくると思っていたんだ。だから蔵《くら》をこわしたくなかったんだ。ずっと待《ま》っていたんだ。」

将太が、小さくうなずいた。

「この紙はなんだべ？　カジが描《か》いたのか？　なにか意味《いみ》があんのかな。」

あたりはしーんとして、海の音だけが響《ひび》いている。

「カジはね、毎晩《まいばん》、この窓《まど》の外をながめては、『まだ帰れない。まだ帰れない』って言ってたんだってさ。」

「ここから、コッパ島《じま》が見えんのか？」

「たぶんね。早く仲間《なかま》のところに帰りたくて、自分のすみかを見てたと思うんだ。」

立ち上がり、ぼくたちは小さな窓《まど》から外を見た。

「コッパ島《じま》は見えねえな。」

岬《みさき》のかげになって、コッパ島《じま》は見えない。ぼくたちは、黒い海をじっとながめていた。しばらくして月が雲から顔を出した。

「カジはここでなにを見てたんだべな。見えるのは、月くらいのもんだな。カジも、こうして月を見てたのかな。へヘッ。」

将太《しょうた》が、なにげなくつぶやいた。その時、ぼくの頭の中で、これまでのすべてのピースが、ジグソーパズルのようにぴったりはまった。

「それだ！　将太。」

ぼくは、将太の持《も》っていた紙きれをとり上げ、広げた。

「これは月の絵なんだ。前に将太がこれを『月みてぇだな』って言っただろ。これは月のカレンダーなんだ。カジは毎晩《まいばん》、ここで月を見ながら、月の満《み》ち欠《か》けを描《か》いていたんだ。」

「なんで？」

「大潮《おおしお》を調《しら》べていたんだ。コッパ島《じま》には、大潮《おおしお》の干潮《かんちょう》の時だけ現《あらわ》れるトンネルがあるんだろ？　カジはそこを通って帰るつもりだったんだ。カジは、満月《まんげつ》か新月になるのを待《ま》っていたんだ！」

「お前は天才だ！」

将太《しょうた》が、ぼくの手をにぎって、ブンブンふり回した。

「じいちゃんの話は、全部《ぜんぶ》本当だったんだ。将太、ぼく、やっぱり、コッパ島《じま》に行きたい。じいちゃんのかわりに、この皿《さら》をカジに返《かえ》したいんだ。」

「もちろんだ。行くべ！　コッパ島《じま》に。カジや仲間《なかま》の河童《かっぱ》に会いに行くんだ。大《やま》和《と》のじいちゃん、すげーな。ずっとカジのことを忘《わす》れずに大人になったんだな。」

「今《いま》ごろ、カジはどうしてるんだろ。カジもじいちゃんになってるのかな。」

「六十年だもんなー、長げえよなー。」

「長いね。」

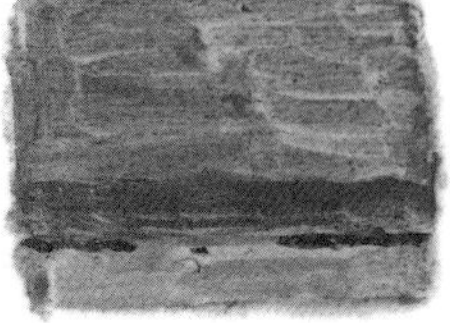

9　再《ふたた》びコッパ島《じま》へ

コッパ島《じま》を再《ふたた》びめざすことをきめたものの、船は流《なが》され、また一からやり直さなければならない。将太《しょうた》の学校は始《はじ》まっている。コッパ島《じま》に行くことは簡単《かんたん》でない。次《つぎ》の大潮《おおしお》は、八月二十九日、日曜日。ぼくが東京《とうきょう》に帰る一日前だ。これが最後《さいご》のチャンスだ。船を用意《ようい》する期間《きかん》は一週間しかない。

次《つぎ》の日、生まれて初《はじ》めて、朝の四時におきて、将太と待《ま》ち合わせをしている船の墓場《はかば》にむかった。

人通りのない、すみきった空気の中を走っていくと、国道のところで将太に会った。

「おはよー。」

「はよー。夕べは眠《ねむ》れたか？」

「こうふんして眠《ねむ》れなかった。」

「おれも同じだ。ほんとは学校なんか行ってられねぇ気分なんだけどな。」

「新しい船をえらんで、浜辺《はまべ》まで持《も》っていけたら、あとは一人で修理《しゅうり》してるよ。もうやり方はわかったから、ぼく一人でだいじょうぶだよ。」

「おれたちの運命《うんめい》は、大和《やまと》にかかってってからな。しずまない船をたのむぞ。」

「まかせとけって。」

のぼったばかりの太陽《たいよう》のやわらかな光の中をかけ出した。漁港《ぎょこう》を通りぬけ、船の墓場《はかば》のある浜辺《はまべ》についた時だ。ぼくたちは思わず足をとめ、立ちつくした。

「しょっ、しょうたー。あれっ！」

「あっー！」

ぼくたちの船が、浜辺《はまべ》の草むらにうち上げられていたのだ。

「すげーっ！　潮目《しおめ》にのって船が流《なが》れついたんだ。」

将太《しょうた》が叫《さけ》んだ。

「ひぇーっ。やったー、船が帰ってきたー。海が返《かえ》してくれたんだ！」

船にかけより、ぼくたちはおたがいの頭や肩《かた》をたたきあった。うれしかった。

「船、そんなにいたんでねぇぞ。それにたっぷり水をすって、だいぶすきまがふさがってる！」

「よかったー。これなら、なんとかなる。」

船の補修《ほしゅう》は順調《じゅんちょう》に進《すす》んだ。将太《しょうた》は学校から帰るとすぐに浜辺《はまべ》にかけつけてくれた。夏休みの宿題《しゅくだい》は、まだ終《お》わっていないようだったけど、なにも言わなかった。

補修《ほしゅう》三日目の午後、将太が青と黒のペンキ缶《かん》をぶら下げてきた。

「船にペンキをぬるんだ。おれんちの屋根《やね》をぬった時のあまりなんだけどよ。ペンキをぬると、水が入りにくくなって船がじょうぶになるんだ。これをなん度《ど》も重《かさ》ねぬりするべ。まず、青いペンキだ。」

「青い船か、かっこいいなー。黒ペンキはどこにぬるんだ？」

「それはあとから教えっからよ。まずは、青いペンキで、すきまにはていねいに内側《うちがわ》の方にもぬってくんだ。」

おれまがり毛のぬけたハケを使《つか》って、できるだけていねいに色をぬった。

青くぬられていく船は、見ちがえるように立派《りっぱ》になっていった。

次《つぎ》の日もまた次《つぎ》の日も、ペンキがかわくのを待《ま》っては、なん度《ど》も重《かさ》ねてぬった。

いよいよ明日が大潮《おおしお》という二十八日土曜日の朝、

「さあて、これが最後《さいご》の仕事《しごと》ですな。」

と、将太《しょうた》は、黒いペンキにハケをつっこんだ。

「大和《やまと》、船に名前を入れるべ。」

「すっげー。かっこいいー。」

「船にはやっぱり名前が必要《ひつよう》だべ。なんて名前にする？」

「将太と大和の上の字をとって、将大丸《しょうだいまる》！」

「おおーっ、なんだかいいじゃん。」

将《しょう》の文字は将太が、大の文字はぼくが書き、そして丸は二人でハケを持《も》っていっしょに書いた。

「やったー、やった。これで完成《かんせい》だー！」

「ヒャッホーッ。やった、やった、やったー。」

全身《ぜんしん》のエネルギーが、足の先から頭のてっぺんまでのぼって爆発《ばくはつ》したような、大きな感動《かんどう》が体をつきぬけた。

こってりとこくぬられた青い船体に、にじんでゆがんだ『将大丸《しょうだいまる》』の文字。

ぼくたちは大満足《だいまんぞく》だった。

『将大丸《しょうだいまる》』の文字がかわくのを待《ま》って、夕方、コロを使《つか》って波《なみ》の打《う》ちよせる岩かげまで船を運《はこ》んだ。

海に浮《う》かべると、将大丸《しょうだいまる》は波《なみ》にゆられ、生《い》き物《もの》のように動《うご》き出した。

太陽《たいよう》が、オレンジ色の光りをはなちながら、西の山にしずみかけていた。

あした、コッパ島《じま》に上陸《じょうりく》する。午前十時の干潮《かんちょう》の時刻《じこく》に合わせ、将太《しょうた》とは、午前九時に浜辺《はまべ》で待《ま》ち合わせることにした。

その夜、ぼくは、リュックの中にカジの皿《さら》の入った箱《はこ》を入れた。

あしたにはこれを返《かえ》しにいくんだ。海河童《うみがっぱ》のカジに会いにいくんだ。

ぼくはじいちゃんのことを思った。蔵《くら》をこわすときめてからのじいちゃんは、元気がない。さっきぼくが家に帰ってきた時にも、蔵《くら》を見ながら、

「まにあわねがったな。じいちゃんも、この蔵《くら》もな。年とってしまったもんな。」

誰《だれ》に言うともなしにつぶやいていた。

今までじいちゃんには、なにも話していなかった。

だけど、この皿《さら》はじいちゃんが子どものころから、カジがいつとりにくるかと、ずっとたいせつにしまっていたものなんだ。

ぼくは、コッパ島《じま》に行く前に、じいちゃんにすべてを話すことを決《き》めた。

階段《かいだん》をゆっくりおりていくと、ばあちゃんだけがいた。

「じいちゃんは?」

「じいちゃんな、寝《ね》てしまったよ。なんだか熱《ねつ》っぽいって言うからね。この間からカゼぎみだったんだな。薬《くすり》を飲《の》んだから、だいじょぶだと思うけどな。」

奥《おく》のじいちゃんの部屋《へや》に行ってみた。ふすまを開《あ》けて、

「じいちゃん……。」

と、小さく声をかけてみた。じいちゃんは、寝息《ねいき》を立てて眠《ねむ》っている。上下する

ふとんの厚《あつ》みが、小さく見えた。ぼくはそっとふすまをしめて、部屋《へや》にもどった。

次《つぎ》の朝、じいちゃんのカゼはますますひどくなっていた。おき上がってきても、とてもだるそうにしている。

「なあに、たいしたことねぇよ。」

でも熱《ねつ》をはかったら、三十九度《ど》もある。ばあちゃんは、朝食のあと、タクシーを呼《よ》んで、じいちゃんをお医者《いしゃ》さんにつれていくことにした。日曜日だから、となり町の当番医《い》まで行かなくてはならない。車で、往復《おうふく》一時間はかかる。

「点滴《てんてき》すっと思うから、帰りは夕方近くになっけど、おにぎり用意《ようい》したから、お昼にはそれ食べてんだよ。」

ばあちゃんはそう言って、じいちゃんとタクシーにのりこんだ。

とうとう、じいちゃんには、カジの皿《さら》のことを話せなかった。だけど、もし、ぼくがカジに出会えたら、その時にはこれまでのことをじいちゃんに話そうと思った。

柱《はしら》時計を見ると、ちょうど九時だ。

懐中電灯《かいちゅうでんとう》をリュックのポケットに入れると、浜辺《はまべ》まで一気に走った。

10　出発《しゅっぱつ》！

「おーい、やまとー。」

将太《しょうた》が、手をふっていた。

すみきった青い空と、岩かげの深緑色《ふかみどりいろ》の海と、青い将大丸《しょうだいまる》。すべてがあまりにきれいで、八月のカレンダーの写真《しゃしん》をながめているようだ。将大丸《しょうだいまる》は船の墓場《はかば》に転《ころ》がり、風雨にさらされていたとは思えないほど立派《りっぱ》に見えた。

潮《しお》はだいぶ引いていて、遠目にもコッパ島《じま》が海面《かいめん》からすがたを現《あらわ》し、島《しま》のまわりには小さな岩がいくつもあることがわかる。

「将大丸《しょうだいまる》を出す前に、おはらいだ。船を初《はじ》めて海に出す時には、無事《ぶじ》をいのってお祓《はら》いが必要《ひつよう》なんだ。」

将太は、自分《じぶん》のリュックの中から、塩《しお》とお酒《さけ》と木の枝《えだ》と、それから朝食に食べたという赤い魚の頭をとり出した。

「ほんとは、カジキの鼻《はな》が必要《ひつよう》なんだけどよ、これでがまんだ。」

将太は、魚の頭を船の舳先《へさき》にひもでしばりつけ、塩《しお》とお酒《さけ》を船にまいて、木の

枝《えだ》をふり回し、

「海の神様《かみさま》、仏様《ほとけさま》、おれたちの船がしずみませんように、どうかどうかたのみます。将大丸《しょうだいまる》をお守《まも》りください。」

と頭を下げた。ぼくもあわてて手を合わせた。

「行こう、コッパ島《じま》に！」

「行こう！」

ぼくたちは、バシッと、手と手を合わせて打《う》ち鳴らした。

「大和《やまと》の仕事《しごと》は、船に水が入ってきたら、これでかき出すんだ。」

将太《しょうた》が、ブリキ缶《かん》をぼくに手わたした。

そして船のロープをほどき、ぼくたちは将大丸《しょうだいまる》によじのぼった。

「コッパ島《じま》めざして、出発《しゅっぱつ》だ！」

「ゴー！」

将大丸《しょうだいまる》のともに立って、将太が櫓《ろ》をこぐと、将大丸《しょうだいまる》は流《なが》れるように、すいーっと動《うご》き出した。

「動《うご》いたー。将太、動《うご》いたー。」

「あったりまえだ。」

将大丸《しょうだいまる》は、ずっと海にのり出したくてしようがなかったんだ。船の墓場《はかば》で海にこぎだすことを夢《ゆめ》見ていたんだ。

将太は、一本の櫓《ろ》を8の字を書くようにして自在《じざい》にあやつった。ひとこぎするごとに、将大丸《しょうだいまる》は海面《かいめん》をすべるように進《すす》んだ。

海の中では、大きな茶色いコンブの群生《ぐんせい》が、潮《しお》の流《なが》れにもまれるようにからみつき大きくゆれていた。そのすきまをアジの群《む》れが、同じ方に泳《およ》いでいく。

「コッパ島《じま》には、まっすぐ行かねぇ方がいいな。まず左側《がわ》の崖《がけ》の下を通って行くんだ。そうすれば、おれたちの船がコッパ島《じま》のかげになって、ほかの漁船《ぎょせん》からも見つかりにくいべ。」

将太《しょうた》の言う通りだ。この進路《しんろ》をとれば、漁港《ぎょこう》からはちょうどコッパ島《じま》のかげになって、将大丸《しょうだいまる》は見えにくい。

将大丸《しょうだいまる》は、ゆっくりだけど確実《かくじつ》に前へ進《すす》み、あっというまに浜辺《はまべ》が遠くなった。

海底《かいてい》はこい深緑色《ふかみどりいろ》で、魚のすがたもなくなった。

波《なみ》はおだやかで、船は順調《じゅんちょう》に進《すす》んだ。

カモメが、ぼくたちを見下ろすように低空飛行《ていくうひこう》していった。

てりつける太陽《たいよう》の下、将太は顔をまっ赤にして、くちびるをま一文字にむすび、両足《りょうあし》をぐっとふみこみ、櫓《ろ》をこいだ。顔じゅうからふき出した汗《あせ》が、あごの先からポタリポタリと落《お》ちている。

港《みなと》から見えない位置《いち》にくると、将太は船のむきをかえ、コッパ島《じま》にむけ、まっすぐに進路《しんろ》をとった。将太はさっきからひと言も口をきかない。

将大丸《しょうだいまる》はスピードを上げた。ひとこぎごとにコッパ島《じま》が近づいてくる。目の前にせまってくるといった感《かん》じだ。もうじきコッパ島《じま》につく。

まぶしい光の海を船は力強く進《すす》み、コッパ島《じま》を見上げる位置《いち》まできていた。

「うわー、でかい！」

コッパ島《じま》は思ったより大きな島《しま》だった。島《しま》にそって、白い崖《がけ》の下をゆっくりと進《すす》んだ。どこまでもきり立った岩《がん》ぺきがつづいている。

「トンネルがあるのは、外側《がわ》のぎざぎざの部分《ぶぶん》だ。波《なみ》が荒《あら》くなっからな。」

将太《しょうた》は島《しま》の外海側《そとうみがわ》にむかって船をこぎ進《すす》めた。ぼくは、ブリキ缶《かん》を持《も》つ手に力をこめて、水をかき出した。

島《しま》の外海側《そとうみがわ》は波《なみ》も荒《あら》く、とがった波《なみ》が次《つぎ》つぎおしよせ、ぶち当たった波《なみ》は白くあわ立ちくだけていく。そのたびに、ドドン！ と、大きな音がおなかに響《ひび》いた。

「船を近づけるのはあぶねえな。崖《がけ》に船がぶつかってこわれそうだぞ。」

将太は、島《しま》から少し船をはなした。

波頭《なみがしら》を上げた大波《おおなみ》がくると、将大丸《しょうだいまる》は、沈没《ちんぼつ》してしまうのではないかと思うくらいに、やたらにゆれまくった。

そのたびに将太は櫓《ろ》をあやつり、船のむきをかえた。ぼくも必死《ひっし》に船に入っててきた水をかき出した。

「将太《しょうた》、どこにあるのかな。トンネルって。」

外海側《そとうみがわ》には、きり立ったV《ブイ》字にするどくきりこまれた断崖《だんがい》がつづいていたが、どこにもトンネルなどない。

ぼくたちは、断崖《だんがい》のすきまを一つ一つ確《たし》かめながら進《すす》んだ。てりつける日ざしに頭はクラクラし、海面《かいめん》に反射《はんしゃ》した光がまぶしく、目の奥《おく》がズキズキしてきた。のどもやけつくようにヒリヒリする。それでも将太は、こぎつづけた。

「将太、あそこ、見て。」

島《しま》の中央《ちゅうおう》あたりにある断崖《だんがい》のすきまは、大きくきれこんでいて、たれ下がった木ぎの枝《えだ》で、奥《おく》の方がまったく見えない。すべてを飲《の》みこんでしまいそうな深《ふか》い暗闇《くらやみ》があるだけだ。

「奥《おく》に入っていったら、もどってこれなくなりそうだね。」

「奥《おく》の方はもっとせまくなっていそうだな。行ってみっか。」

将太はむきをかえると、慎重《しんちょう》に舵《かじ》をとった。

船は絶《ぜっ》ぺきのすきまの深《ふか》い暗闇《くらやみ》の間に、すべりこむように入っていった。

「ぶつけるなよ。」

「わかってる。」

奥《おく》に進《すす》むにつれ岩はばがせまくなり、船のはばほどしかなくなってきた。

両《りょう》わきからたれ下がったツタや木の枝《えだ》が、頭や顔をはじいた。もうこれ以上《いじょう》は進《すす》めないと思った時だ、そこにぽっかりと開《あ》いたトンネルがすがたを現《あらわ》した。

「あった！」

「トンネルだー。」

将太《しょうた》は少し前かがみになって、トンネルの中へ船を進《すす》めた。ぼくは、懐中電灯《かいちゅうでんとう》をとり出して前をてらした。トンネルはまがりくねり、出口が見えない。

ギイーギイー、ゆっくりゆっくり船は進《すす》んだ。

「頭をぶつけるな。気をつけろよ。」

「わかってるって。」

声が反響《はんきょう》した。ごつごつした鍾乳洞《しょうにゅうどう》のようなトンネルを進《すす》み、ゆるくカーブしたと思った時だ。先の方に、ポッと光が見えた。

「将太、出口だ！」

将大丸《しょうだいまる》は出口にむかってつき進《すす》み、暗闇《くらやみ》から、まぶしい世界《せかい》へと飛《と》び出した。

一瞬《いっしゅん》、なにも見えなくなり目を細めると、そのすきまから、白い岩と緑《みどり》の森と、まっ正面《しょうめん》に、水の中から現《あらわ》れた巨人《きょじん》のようにそびえ立つ大岩が見えた。

「うわー！」

ぼくたちは、歓声《かんせい》を上げた。そこは、島《しま》の中だった。

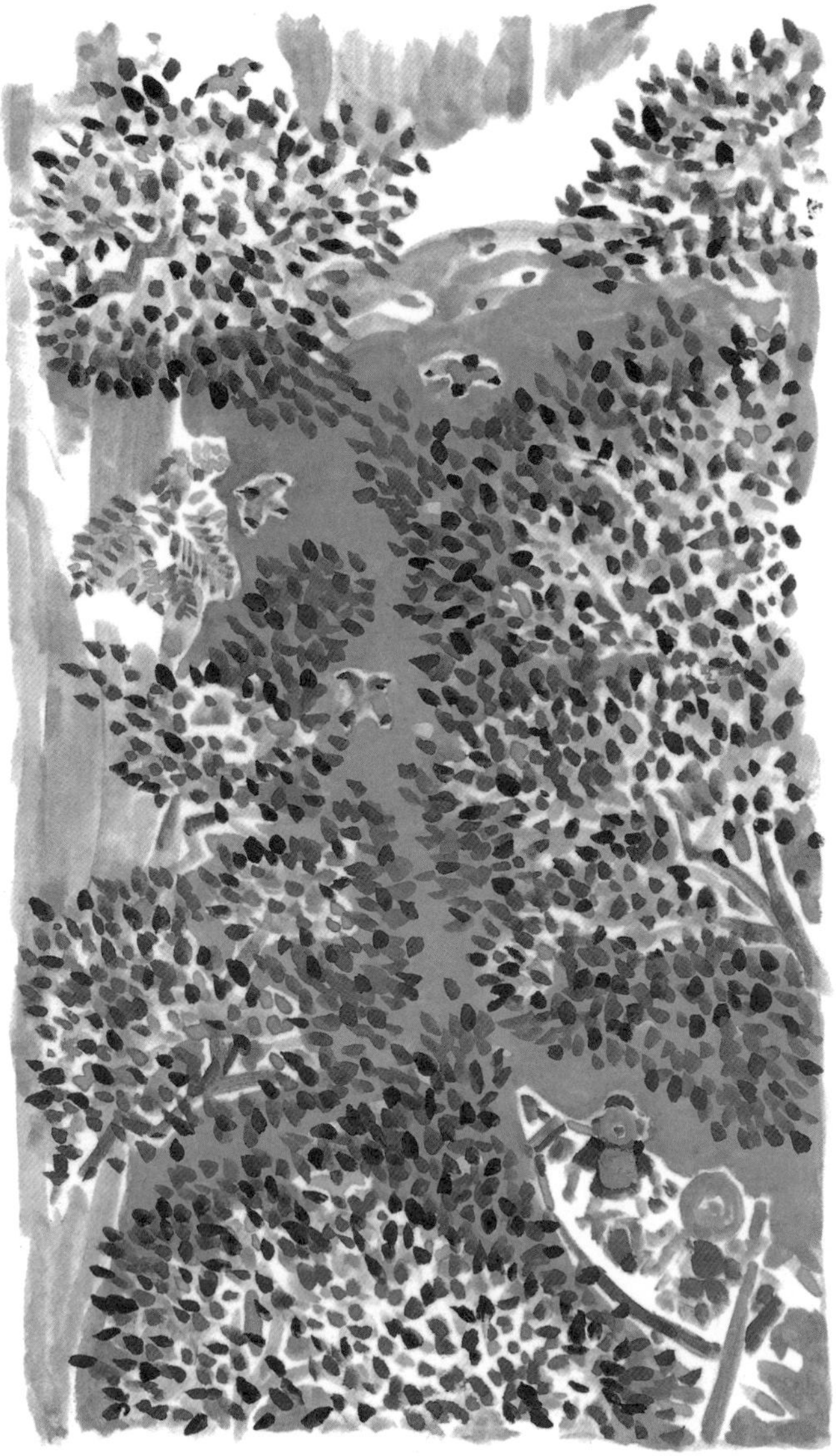

11　ついにコッパ島《じま》へ

船は、緑《みどり》の森にかこまれた小さな湖《みずうみ》のようなところに浮《う》かんでいた。

「あっちが浅瀬《あさせ》だ。」

将太《しょうた》は、森につながる白い砂浜《すなはま》にむかってゆるやかに櫓《ろ》をこいだ。ひざくらいの深《ふか》さになったのを見はからって、ぼくたちは船から飛《と》びおり、船のロープを岩にむすびつけた。

「すごいなー。」

「おう。」

見上げると、重《かさ》なり合った木ぎの間から、ほんの少しの空が見えた。正面《しょうめん》の岩かべには、ぽっかりと口を開《あ》けたトンネルがある。海面《かいめん》から一メートルほどの高さだろうか。

「あれがコッパ島《じま》の入り口だな。」

「あのトンネル、きっと波《なみ》の浸食《しんしょく》でできたトンネルなんだね。」

入り口のまむかいの水面《すいめん》からそそり立つ、五メートルもありそうな大岩が、ぼくたち見下ろしていた。岩に生えている草や木が、人の顔のように見えていた。

「巨人《きょじん》、みてぇだ。」

「島《しま》の侵入者《しんにゅうしゃ》を見はっている門番《もんばん》のようだね。」

河童《かっぱ》の気配《けはい》はまるでない。ほんとうにカジはいるのだろうか。砂浜《すなはま》からつづく森は深《ふか》く、木ぎにおおわれている。

「行くべ。」

「トンネルが海にしずむ前に、もどってこなくちゃね。」

歩き出した。と、その時だ。「ヒューッ、ヒューッ」という音が、かすかに聞こえたような気がした。じいちゃんちの縁側《えんがわ》で聞いたあの声だ。

将太《しょうた》はなにも言わない。そのまま歩いていると、こんどは、「ボワーッ、ボワーッ」という大きな音が聞こえた。将太と目が合った。

「音がかわった。」

ぼくはだまってうなずいた。ホラ貝をふいているような「ボワーッ、ボワーッ」という音にまじって、か細い「ヒューッ、ヒューッ」という音が、ぶきみに聞こえる。

思わずぼくの手に力が入った。音は風にのって響《ひび》きわたり、ぼくたちのわきをすりぬけていった。

「将太《しょうた》、この音、入り江《いえ》の方から反響《はんきょう》して聞こえないか？」

ボワッー。ヒョーッ、ヒョーッ。

また大きな音がした。

「ほんとだ。行ってみっぺ。」

方向《ほうこう》をかえ、入り江《いえ》にもどった。

「ほらっ、巨人《きょじん》の岩から聞こえてくる。」

岩場を伝《つた》って、巨人《きょじん》の岩の足元にたどりついた。

「ここを見ろよ。」

将太の指《ゆび》さすところを見ると、大岩の下の部分《ぶぶん》、ちょうど海面《かいめん》からすれすれの場所《ばしょ》に、丸い穴《あな》があった。まるで巨人《きょじん》のへそのようだ。その穴《あな》を風が通りぬけ、かすかに「ヒョー、ヒョー」という音がしている。あやしい泣《な》き声の正体は、岩の穴《あな》をふきぬける風の音だったのだ。強い風がふきぬける時、音は大きくなり、それが岩かべに反響《はんきょう》して、海をこえたむかいの浜石《はまいし》の町まで、ぶきみにとどろいていたのだ。きっと、岩に開《あ》いた穴《あな》だけなら、こんな音はしなかっただろう。

「この穴《あな》、大潮《おおしお》の干潮《かんちょう》の時だけ海上に出るんだ。ほらっ、穴《あな》のまわりに海藻《かいそう》がへばりついてるべ。ふだんは、海の中にしずんでんだ。」

「だから、いつも亡霊《ぼうれい》の泣《な》き声は、満月《まんげつ》と新月にしか聞こえなかったんだね。」

「なあんだ……。亡霊《ぼうれい》の正体はこれだったのか。」

いっしょに笑《わら》った。

深《ふか》い森は、なだらかに上り下りをくり返《かえ》しながら、どこまでもつづいていた。海に浮《う》かんでいる島《しま》とは思えないほどだ。ミンミンゼミの声がま近で聞こえる。草をかき分け、木ぎの間をぬうように進《すす》んでいくと、とつぜん、ぼくはなにかにつまずき、転《ころ》んでしまった。足の小指《こゆび》の先を、いやというほどぶつけてしまった。

「ツーッ。いてー。」

足をかかえ、いたみをこらえているそばで、将太《しょうた》が足元の草をかき分けた。

「なんだ、これ。」

半分土にうもれた長丸い石があった。それは、ふつうの石ではなかった。むずかしい漢字《かんじ》がきざみこまれた石のほこらだった。

「大和《やまと》、おれたちの前にも、誰《だれ》かがこの島《しま》に人がきて、これをたてたんだ。」

「誰《だれ》も入りこまない上陸禁止《じょうりくきんし》の島《しま》なのに？」

「かなり大昔《おおむかし》だ。ほらっ、見たこともねぇ漢字《かんじ》だぞ。」

「いったい誰《だれ》だろ。これ、なんて書いてあるのかな？」

将太《しょうた》はあたりを見わたし、行きどまりになっている崖《がけ》の草木をかき分けだした。

「見ろ、ここ！」

そこに、崖《がけ》がさけてできたような洞窟《どうくつ》があった。入り口はぶかっこうな三角形で、高さは二メートルくらい、はばは一メートルくらいはあるだろうか。

洞窟《どうくつ》の奥《おく》は、まっ暗《くら》でなにも見えない。

「この洞窟《どうくつ》。深《ふか》そうだな。うすきみわりーや。でも行ってみっか？」

「もちろん。」

暗《くら》い洞窟《どうくつ》の中に足をふみ入れた。懐中電灯《かいちゅうでんとう》の明かりをたよりにそろりそろりと行くが、急《きゅう》になにかが飛《と》び出してきそうでおちつかない。五メートルも進《すす》んだ時だ。

とつぜん、将太がぴたりととまり、

「うわー。」

と叫《さけ》びながら、入り口にむかってへっぴり腰《ごし》で逃《に》げ出した。わけがわからず、ぼくも必死《ひっし》でその後をおいかけた。

「どっ、どうしたの!?」

洞窟《どうくつ》の前で、息《いき》をきらして将太に聞くと、

「なに言ってんだ。大和《やまと》が先に走り出したから、あわてておいかけたんじゃねえか。」

とごまかした。ぼくには、将太《しょうた》が先にかけ出したように思ったけど、将太はぼくが先だと言いはる。

「ったく、なにやってんだよ。このままだと、奥《おく》にはたどりつかねぇぞ。」

それは、ぼくが言いたい言葉《ことば》だ。ぼくたちは絶対《ぜったい》に逃《に》げ出さないとちかいあい、もう一度洞窟《どうくつ》の中へと進《すす》んだ。

「だけど、気味《きみ》わりーよなー。奥《おく》になにがあんだろな？」

声がこだました。懐中電灯《かいちゅうでんとう》の明かりだけではわからないが、なにかがすんでいるようすはない。

十五メートルくらいも入りこんだところで、洞窟《どうくつ》は行きどまりになった。

「なにもなかったな。」

「ちょっと待《ま》って。これ、岩じゃない。木だ。でっかい木だよ。ほらっ、洞窟《どうくつ》をつきぬけてずっと上の方にのびてる。」

岩《がん》ぺきだと思っていたつきあたりは、大木の幹《みき》だった。ぼこぼことした地面《じめん》は木の根《ね》っこだ。

「天井《てんじょう》に穴《あな》が開《あ》いてるんだな。」

「肩《かた》かして。」

ぼくは将太《しょうた》に肩車《かたぐるま》をしてもらい手をのばすと、天井《てんじょう》に手がついた。やわらかで、岩ではないようだ。力を入れておし上げてみると、かれ草や土がばらばらとふってきて、すきまからまぶしい日の光がさしこんだ。

そのまま将太の肩《かた》に足をかけて立ち上がると、ズボッと頭がつき出た。

「うわー！　ぬけたー。」

地面《じめん》から上半身《じょうはんしん》をつき出したかっこうで、叫《さけ》んだ。

そこにも森がつづいていた。洞窟《どうくつ》からつき出た大木は、大きく枝《えだ》を広げ、上空にそびえ立っていた。

「洞窟《どうくつ》をぬけたらなにかあるのかと思ったら、けっきょく、同じだな。」

あとから出てきた将太《しょうた》は、ちょっとひょうしぬけしていた。

歩き出そうとした時だ。ズックがしめっぽくなり冷《つめ》たいと思ったら、そこには小さな沢《さわ》があった。水はチョロチョロと草をぬらしながら斜面《しゃめん》を流《なが》れおちている。

流《なが》れにそって進《すす》んでいくと、とつぜん木立がとぎれ、三メートルほどのゆるやかな坂《さか》の下に、ぽっかりと開《ひら》けた平地《へいち》が広がっていた。ラグビー競技場《きょうぎじょう》のような広い空間だ。見わたすかぎりまっ黄色だ。

「おー、花畑《はなばたけ》だ。」

坂《さか》をかけおりると、ぼくたちは花畑《はなばたけ》に倒《たお》れこんだ。

カタバミのような小さな花が地面《じめん》にはうようにして、咲《さ》きみだれていた。かすかに甘《あま》いにおいがただよっている。まっ青な空に、ゆったりと白い雲が流《なが》れている。

「うへっー。」

とつぜん将太が飛《と》びおきた。将太は、黄色い花に目を近づけると、

「おれの顔になにかちっちゃい、ぺちょっとしたのが飛《と》びのった。おっ、見ろ。」

と、手まねきした。見ると、黄色い花の上にテントウムシほどの小さなカエルがいた。ぴかぴかと光るきれいな緑色《みどりいろ》をしている。

「こんなきれいな、ちっちゃなカエル見たことないよ。」

「おれもだ。おい、たくさんいる。ほらっ、大和《やまと》、こっちにも。」

「ほんとだ。」

「ほんと、すげー。」

ぼくたちの声におどろいたのか、小さなカエルは、あっというまにすがたを消《け》してしまった。

やっぱりコッパ島《じま》は、不思議《ふしぎ》な島《しま》だ。

カジもきっとこの島《しま》のどこかにいると、ぼくはそう確信《かくしん》していた。

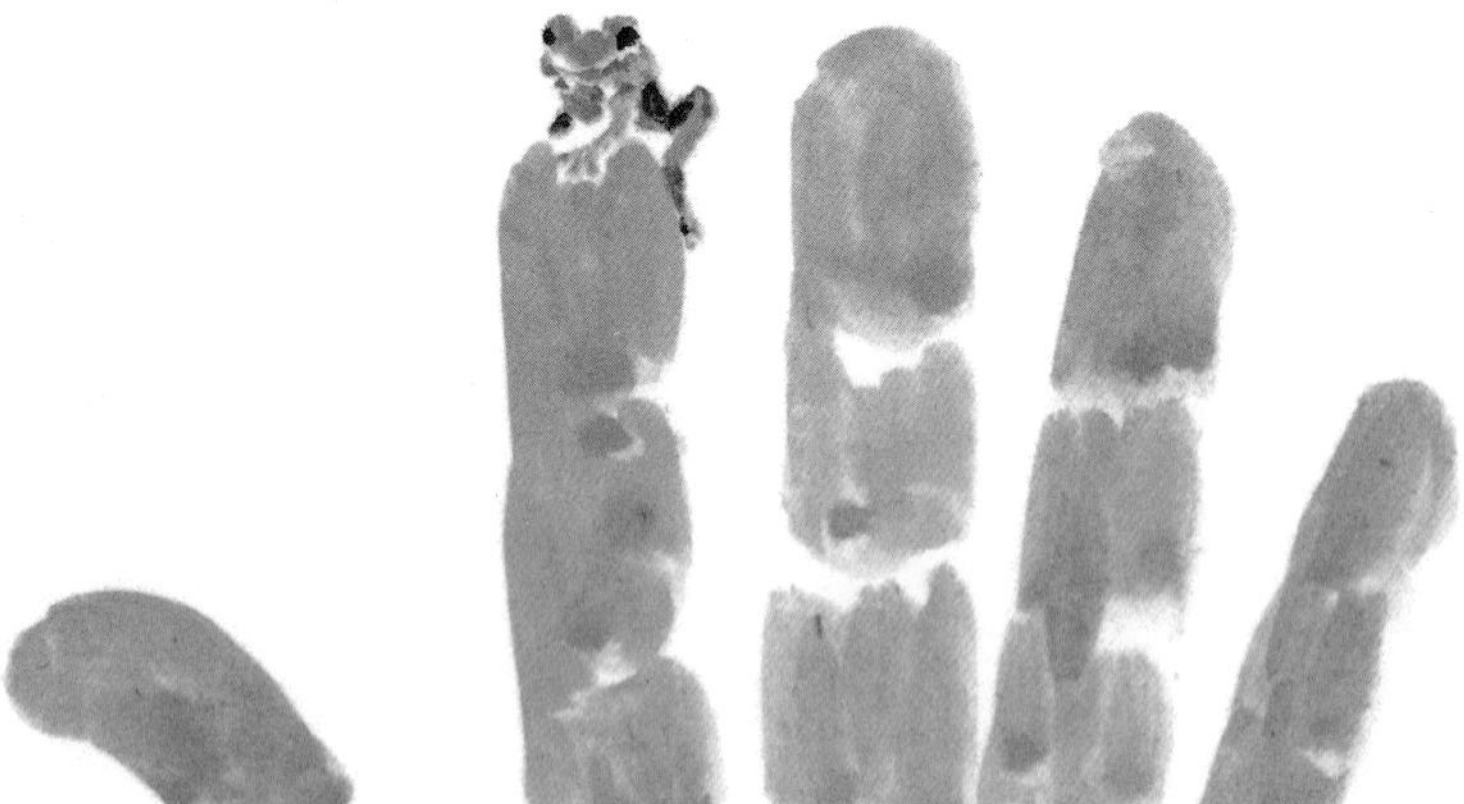

12　霧《きり》の中に見えたもの

さらに森の奥《おく》へと進《すす》んだ。森の中は道もなく、動物《どうぶつ》が通ったような、草がたおれているところをえらんで歩いた。

どのくらい歩いていただろう。明るかった森の中がうす暗《ぐら》くなり、緑《みどり》の木ぎの色がぼやけだした。

「どうしたのかな？　急《きゅう》にモヤがかかってきたみたいだ。」

「や、や、やませだ。冷《つめ》たい北風が、海に霧《きり》を発生《はっせい》させるんだ。」

「えっ、だって将太《しょうた》、あんなに天気がよかったのに。」

「やませって、天気がよくても急《きゅう》にふいて、霧《きり》が発生《はっせい》するんだ。」

霧《きり》は、森の色をうばいながら、生《い》き物《もの》のように自在《じざい》に動《うご》き回り、あっというまにぼくたちをつつみこんでしまった。

「ヤバイ。洞窟《どうくつ》のところまでもどるべ。」

きた道をもどり始《はじ》めた。

「どこいらあたりまできたかな。」

森はまっ白で、前がよく見えない。ほとんどカンをたよりに歩くしかない。

「足もと、気をつけろ。」

将太《しょうた》がそう言った時には、ぼくはまた、なにかにつまずいて転《ころ》んでいた。

「しょっちゅう転《ころ》ぶよな、大和《やまと》は。」

「ツーッ、いってー。」

同じ足の小指《こゆび》をぶつけてしまった。

「なんだ、これ？」

将太がかがみこんだ。赤いキノコが、びっしりとはりついた大木があった。

「さっき、この道通ったか？　おれたち、完全《かんぜん》に道にまよってるぞ。」

将太が緊張《きんちょう》した声で言った。

ぼくは目をこらしてあたりを見わたした。流《なが》れる霧《きり》の合い間からときどき見える景色《けしき》には、まったく見おぼえがない。

「こんな時は霧《きり》が晴れるまで、ここでじっとしてるしかねぇな。」

霧《きり》は、こくなっていく一方だ。自分の手の先すら見えなくなってしまった。

ぼくたちは木の根《ね》もとにしゃがみこんだ。さっきまであんなに暑《あつ》かったのに、急《きゅう》に寒《さむ》くなりだした。手足に鳥《とり》はだが立ってきた。T《ティー》シャツのすそを無理《むり》やり引っぱって、足をくるみこんだ。将太《しょうた》もかすかにふるえている。ぼくたちはひざをかかえたまま、じっと霧《きり》の中を見つめていた。

どれくらい時間がたったろう。

「大和《やまと》、潮《しお》が上がってくる時間だ。このままだと家に帰れなくなる。カジをさがすのは無理《むり》だ。こんなに霧《きり》がこいんじゃ、もう島《しま》の中は歩き回れねぇ。カジをさがすのはあきらめるべ。これじゃ、おれたちが無事《ぶじ》に帰れるのかもわからねぇぞ。」

ぼくはあした東京《とうきょう》に帰らなくちゃいけない。これがカジに会える最初《さいしょ》で最後《さいご》のチャンスだったのに……。

「わかった。もどろう。しょうがないさ。」

しょうがないってこと、あるんだな。カジにはもう会えない。

ぼくたちはもどろうと再《ふたた》び歩き出した。なん度《ど》も草に足をとられ、木の枝《えだ》に顔をはじかれながら歩いた。ときどき立ちどまっては、霧《きり》の中から見える木ぎの一本一本にも目をこらした。けれど、見おぼえのある場所《ばしょ》を見つけることはできなかった。ぼくたちは、へとへとにつかれていた。

「少し休もうか。」

しゃがみこもうとした時だ。足が冷《つめ》たくてふと足元を見ると、沢《さわ》が流《なが》れていた。

後ろをふりむくと、霧《きり》の合い間から、洞窟《どうくつ》につながる大木の幹《みき》が見えた。

「将太《しょうた》。こんなところに洞窟《どうくつ》の入り口だ。いったいどうなってんだ？」

「気づかないうちに、ぜんぜん見当《けんとう》ちがいのところを歩いてたんだな。ぐるりと遠回りして、ここにたどりついたみてぇだ。よかった。早くおりるべ。入り江《いえ》はもうすぐだ。」

と、その時だった。

「キャキャキャキャッ」と、どこからか楽しそうに笑《わら》う子どもたちの声が聞こえてきた。ぼくたちは、顔を見合わせた。どうやら声は、沢《さわ》が流《なが》れるむこうから聞こえてくる。そこは、斜面《しゃめん》になっていて、下は黄色い花の群生地《ぐんせいち》になっているはずだ。

「行ってみよう。」

将太がうなずいた。足音を立てないようにそっと歩き、木ぎのかげにかくれ、こっそりと斜面《しゃめん》の下をのぞきこんだ。

するとそこには、霧《きり》の中に見えかくれして、小さな木の小屋《こや》がたちならぶ村にかわっていた。村のあちこちには畑《はたけ》もある。目をこらしてよく見ると、大きなキュウリがいっぱいなっている。緑《みどり》の葉《は》の間から大小さまざまなヒョウタンが、ぶら下がっている畑《はたけ》もある。

村には、たくさんの人がいるようだ。人が動《うご》き回っているのが見える。

「村だぞ。いつのまにか……。」

「うっ、うん。」

霧《きり》が少しうすくなってきた。もうちょっとで、人のすがたがはっきりと見えそうだ。ぼくたちは身《み》をのり出し、必死《ひっし》に目をこらした。

「あっ！」

と声が出たっきり、ぼくたちは声もなかった。

うすくなった霧《きり》の中に浮《う》かび上がったのは、頭にホタテの殻《から》をのせた、たくさんの河童《かっぱ》たちのすがただった。

河童《かっぱ》は顔が赤く、体は緑色《みどりいろ》で、ざんばら髪《がみ》をしている。そして、背《せい》の高さはみんな一メートルくらい。だけど、顔のしわで大人か子どもかがわかる。体には、緑《みどり》色のきらきら光るうろこがついている。黄色いとがったくちばしで、背中《せなか》には甲羅《こうら》をしょっている。

「将太《しょうた》、ホタテ河童《がっぱ》だ！」

「うん！」

河童《かっぱ》たちは、みんなとても楽しそうな顔つきでのんびりしている。

年よりの河童《かっぱ》は、いすに腰《こし》かけ、タバコのように木の枝《えだ》をくわえている。目を細め、満足《まんぞく》そうに息《いき》をはき出すと、どういうわけか、白い煙《けむり》が立ちのぼっていった。子河童《こがっぱ》たちは、歓声《かんせい》をあげながら土俵《どひょう》で相撲《すもう》をとっている。みんなケラケラ笑《わら》っている。子河童《こがっぱ》たちがぶつかりあうと、きらきら光る緑《みどり》色のうろこが飛《と》びちった。まるで小さな小さなカエルのように……。

誰《だれ》とやっても、すぐにコロコロと負《ま》けている子河童《こがっぱ》がいる。その子は負《ま》けるくせに、負《ま》けん気だけは強く、そのたびに地団駄《じだんだ》をふんでくやしがっていた。

霧《きり》は、ときどきこくなったり、またうすくなったりをくり返《かえ》した。その度《たび》に、村は見えたと思うと、またすぐに見えなくなる。

ぼくたちは、じっと村のようすを見ていた。

とぎれた霧《きり》の間から、村の中央《ちゅうおう》に棚《たな》がおいてあるのが見えた。そこに、なにか丸い物《もの》がずらりとならべてある。浜辺《はまべ》で、魚を干《ほ》しているのによく似《に》ている。

「えっ！　もしかして……。」

ぼくは急《いそ》いでリュックから箱《はこ》を出し、石を手にとった。

「やっぱり、そうだ。これと同じだ。あれは河童《かっぱ》の皿《さら》なんだ。」

一匹《ぴき》の河童《かっぱ》が棚《たな》に近づいた。一枚《まい》の皿《さら》を手にとると、なん度《ど》も引っくり返《かえ》した

りなでたりしている。それから、コンコンとたたいて、満足《まんぞく》そうにうなずくと、ホタテの殻《から》を頭からはずして皿《さら》をのせた。そうしてまたすぐに、ホタテの殻《から》を頭にかぶせた。

「ああやって手入れして、それから、ホタテの殻《から》をのせてるんだ。海河童《うみがっぱ》と、ホタテ河童《がっぱ》は同じだったんだね。」

小声で将太《しょうた》に言った。

「きっと、アイス屋《や》のおばあちゃんのおばあちゃんが、ホタテの殻《から》をのせている河童《かっぱ》を見て、かってにそう呼《よ》んでただけなんだ。」

それにしても、霧《きり》の中に浮《う》かぶ河童《かっぱ》村《むら》の河童《かっぱ》たちは、みんなしあわせそうだ。

子河童《こがっぱ》たちは畑《はたけ》のキュウリに水をやり、その合い間にもいで、ムシャムシャ食べている。年とった河童《かっぱ》たちはヒョウタンをかた手に円になってすわり、ごきげんで手をたたき、歌をうたっている。千鳥足《ちどりあし》で、ふらふら歩き出す河童《かっぱ》もいる。

「ヒョウタンの中はお酒《さけ》だね。」

「宴会《えんかい》だな。」

将太《しょうた》は、声をころして笑《わら》っている。

寝転《ねころ》がっている河童《かっぱ》もいれば、木の実《み》を糸に通してなにかを作っている河童《かっぱ》もいる。

むこうには池があるようで、水しぶきを上げて、飛《と》びこんでいる河童《かっぱ》もいる。

「すごくいいね。この島《しま》は、河童島《かっぱじま》だったんだ。」

「うん、そうだな。」

「ここが、カジが帰りたかった仲間《なかま》のいる村なんだ。やっぱりさ、ここは人間がかってに入りこんじゃいけない島《しま》なんだね。」

「ここはそっとしておかないといけねぇ島《しま》なんだ。河童《かっぱ》はよ、ほんとに浜石《はまいし》の海を守《まも》ってくれてる神様《かみさま》かもな。もしかしたら、昔《むかし》の人たちは、河童《かっぱ》たちが島《しま》で安《あん》心《しん》して暮《く》らせるようにって、あんな伝説《でんせつ》を作ったのかもしれねぇな。さっき見つけたほこらには、そんなことが書いてあったのかもな。」

「ここに、カジがいるんだね。元気でいるのかな?」

「どこにいるんだべな?」

「でもそろそろ帰らなくちゃ。ねっ、この皿《さら》、どうやって返《かえ》そうか。ぼくたちが急《きゅう》に出ていったら、みんなびっくりするね。」

「どこかにそっとおいていくべ。どこかわかりやすいところに。」

後ろをふりむくと、平《たい》らな大岩があった。

「あそこにおこう。あそこなら目立つから、誰《だれ》かが気づくよ。」

そう言ってまた前をむくと、さっきまであった河童《かっぱ》の村は、一瞬《いっしゅん》のうちにきえていた。

「あれっ！」

「うへっ！」

ぼくたちは、声をなくした。

今まで確《たし》かにここに村があったのに……。河童《かっぱ》たちがいたのに……。今まで見えていたものは、なんだったんだろう……。やませが運《はこ》んできたまぼろしだったのだろうか。それとも、河童《かっぱ》が見せてくれた妖術《ようじゅつ》だったのか。

ぼくたちは、フーッと大きく息《いき》をはき出した。


「将太《しょうた》、もう帰ろう。」

霧《きり》はさっきより、ずっとうすくなっていた。ぼくは、岩の上になん枚《まい》も葉《は》っぱをしき、その上に皿《さら》と紙きれをおいて、からになった箱《はこ》をリュックに入れた。

「見つけるよね。」

「うん、ここなら、きっと見つけるべ。」

大木の幹《みき》を伝《つた》って下に降《お》り、洞窟《どうくつ》を通りぬけると、入《い》り江《え》へと急《いそ》いだ。

これで満足《まんぞく》だった。コッパ島《じま》は河童《かっぱ》のすむ島《しま》なんだ。もう、ここへは二度《ど》ときてはいけないような気がした。うすいモヤの中を、ぼくたちは、小走りにかけた。

「急《いそ》げ。もう時間がねぇ。……近道するべ。早く入《い》り江《え》にもどらねぇと。」

むきをかえ、ヤブの中をつっきろうとしたその瞬間《しゅんかん》、ぼくは足をふみはずし、気づいた時には、崖《がけ》をごろごろと転《ころ》がっていた。スローモーションように、あたりの景色《けしき》がゆっくり見える
どこまでおちていくんだろう。浜石《はまいし》にきてからのことが、映画《えいが》を見るように浮《う》かんでくる。ぼくは死《し》んでしまうのかな……。

「大和《やまと》ー、待《ま》ってろー。今すぐ助《たす》けにいくからなー。」

将太《しょうた》の声を最後《さいご》に、ぼくは気をうしなっていた。

13　カジ

「キューイチー、キューイチー、しっかりしろ。おい、キューイチー。」

ぼくは、頭がボーッとしている。かすむ目であたりを見わたすと、そこはぐるりと岩はだにかこまれたくぼ地になっていた。崖《がけ》がくずれてできたおとし穴《あな》のようになっている。崖《がけ》の下にはおちてきた大きな岩が転《ころ》がり、そのむこうには木立がつづいているのがぼんやり見える。森につづいている道を、その大きな岩がふさいでいるかっこうだ。

「おい、キューイチー、だいじょうぶが？　おー、いがったー。目ぇ、さめだが。」

ぼくの目の前には、ホタテの殻《から》を頭にのせた、目のくりっとした赤ら顔の子《こ》河童《がっぱ》がいた。

「カジなの？」

「んだ、海河童《うみがっぱ》のカジだ。こないだ教えたばっかりだべ。」

カジは子《こ》河童《がっぱ》のままだった。あれほど会いたかったカジが、すぐそばいる。ぼくを心配《しんぱい》そうにのぞきこんでいる。ぼくは体をおこそうとした。

「いてててっ。」

「まだ、無理《むり》だ。だまって寝《ね》でろ。今、薬《くすり》つけでやっからな。」

カジは、背中《せなか》の甲羅《こうら》から、おりたたんだ草の葉《は》をとり出すと、それをていねいに広げ、ぼくの傷《きず》にぬってくれた。カジの手は、ひんやりとして気持《きも》ちいい。

「さっ、これですぐに治《なお》っからな。なんにでもきく薬《くすり》だからよ。河童《かっぱ》の膏薬《こうやく》だ。」

カジはとがったくちばしで、にーっと笑《わら》った。

「どうもありがとう。」

「なぁに言ってんだ。おらこそ、キューイチーに世話《せわ》になったばかりだべ。おたがいさまってもんだ。それにしても、キューイチーの釣《つ》ってきた魚はうめがったなー。まだ、口の中さ、甘味《あまみ》が残《のこ》ってるだ。」

カジは、ぼくのことをじいちゃんとまちがえているようだ。

「カジ、皿《さら》は?」

「ああっ、やっと見つけだ。あそこの大岩の上さ、おいであった。」

カジはホタテの殻《から》をとって見せた。頭の上に、丸い石がのっている。

「ぼくが……、ぼくと将太《しょうた》が、返《かえ》しにきたんだよ。ぼくたちがおいたんだよ。」

「ショータ? へー、そうだったのけ。」

カジは首をかしげた。

「どうして、蔵《くら》にとりにこなかったの？　ずっと待《ま》ってたんだよ。」

じいちゃんが、と言う言葉《ことば》を飲《の》みこんだ。

「おら、なん度《ど》もとりに行ったんだ。ボワーッボワーッの音がすっ時にトンネルが開《あ》ぐから、そのたんびにとりに行ったんだ。だども蔵《くら》の場所《ばしょ》がわがんねがった。」

そうか、河童《かっぱ》たちは、あの音をトンネルの開《あ》く合図《あいず》にしていたんだ。

「きのうだってそうだ。岸《きし》にたどりつきそうになったっけ、誰《だれ》かがおぼれててな、それを岸《きし》まで運《はこ》んだっけ。なにしにきたのかすっかり忘《わす》れてしまってな、そのまんま帰ってきてしまったんだ。」

カジは、「キョキョキョッ」と笑《わら》った。

おぼれていた？　そうか、ぼくを助《たす》けてくれた謎《なぞ》の生《い》き物《もの》はカジだったんだ。

ぼくとカジは、もうすでに出会っていたんだ。なんだか涙《なみだ》がこぼれそうになった。

「カジ、あれはきのうじゃないよ。もう二週間も前のことなんだよ。おぼれていたのは、ぼくだったんだ。助《たす》けてくれてありがとう。あれからぼくは、カジに会うために一生懸命《いっしょうけんめい》がんばったんだよ。将太《しょうた》と船を修理《しゅうり》してさ。」

「へっー、そうだったのけ？」

「カジ、また蔵《くら》に遊《あそ》びにきてよ。家までの地図を書いてあげるよ。」

「いんや、皿《さら》がもどったから、おら、もう二度《ど》と行かねえ。浜《はま》には、おっかねぇ犬っころがいっからな。ホタテの殻《から》をこわしてしまって、新しい殻《から》をさがしに行ったっけ、犬っころがおっかけてきたんだ。おっかねがったー。」

「そうだったの？　六十年前、浜《はま》に上がってきて、作業場《さぎょうば》のあたりでうろうろしていたっていうのは、ホタテの殻《から》をさがしにきてたの？」

「六十年前？」

カジは、首をかしげて不思議《ふしぎ》そうな顔をした。カジは、ぼくたちとはちがう時間の中で生活しているのかもしれない。

「ねっ、カジたちは、どうしてホタテの殻《から》を頭にのせてんの？」

「おらたち海河童《うみがっぱ》は、頭の皿《さら》をたいせつにしねばなんねんだ。皿《さら》と海水の相性《あいしょう》があんまりよくねぇんだど。だから、ホタテの殻《から》をのっけで守《まも》ってんだ。」

「そうなんだ。」

もともと川で生活していた河童《かっぱ》の皿《さら》には、海水が合わなかったんだろうと思った。

「それにな、皿《さら》はちゃんと手入れしねばなんねぇぞって、いっつも、おらの父ちゃんに口をすっぱくして言われてんだ。皿《さら》をとりはずしてな、ていねいに海水をふきとって、天日干《てんぴぼ》しをしろってな。それなのに、おら、ついついめんどうでな、ろくすぽ手入れしながったんだ。そしたらさ、皿《さら》にひびが入ってしまってな。」

「そうだったんだ。」

なんだかおかしくなった。父ちゃんの言うことをろくすっぽきかないいたずらっ子のカジと、蔵《くら》によくとじこめられていたじいちゃんが重《かさ》なった。

「だどもよ、キューイチー。おめのそのかっこ、ずいぶん変《へん》だな。この前とだいぶちがうな。その背中《せなか》にくっついでんのは、なんだ？　おらの甲羅《こうら》みてぇだな。キョキョキョキョッ。」

カジはぼくのリュックを見て笑《わら》った。ぼくは少しためらって、それから、

「あのさ……ぼく、久一《きゅういち》じゃないんだ。久一《きゅういち》はぼくのじいちゃんで、ぼくは、大和《やまと》って言うんだ。」

カジは、目玉をくるりと回した。

「そうだったのが。どうも、なんだか変《へん》だど思ったんだ。なんだ、おめはキューイチーの孫《まご》のヤマトーって言うのが。それにしても、キューイチーにそっくりだな。そうが、そうが。だども、変《へん》だな。なんでキューイチーは、教えでけねがったんだべ。孫《まご》がいるなら、いるって教えでければ、すぐにヤマトーとも友だちに

なれたのによ。だども、心配《しんぱい》すんな。おめども、今日から友だちだ。」

カジは、そう言って、ケラケラ笑《わら》った。ぼくはうれしくていっしょに笑《わら》った。ほんとうに友だちになれたような気がした。不思議《ふしぎ》な薬《くすり》だ。ぼくの傷《きず》はもう治《なお》っていた。もう、いたみもほとんどない。

「キューイチーは、今日はどうしたんだ？　いっしょにこねがったのが。」

「じいちゃんね、カゼをひいて寝《ね》ているんだ。」

「カゼっこひいた？　そりゃあ、てぇへんだ。んで、これキューイチーさ、わたしてけろ。」

カジは甲羅《こうら》から、また、別《べつ》のおりたたんだ葉《は》っぱをとり出した。

「河童《かっぱ》の膏薬《こうやく》と海藻《かいそう》で作った薬《くすり》だ。カゼなんて一発《いっぱつ》で治《なお》っから。」

「うん。わかった。」

ぼくは、それをリュックの中にしまった。カジはそれをじっと見ていた。

「ほー。その袋《ふくろ》もおらの甲羅《こうら》と同じくれえ、便利《べんり》なもんなんだな。そうだ、そういえば、これもキューイチーさ、返《かえ》してけろ。」

カジは、甲羅《こうら》から一枚《まい》の絵皿《えざら》をとり出した。

「おら、蔵《くら》の中でいっしょけんめい頭の皿《さら》の手入れをしてたんだ。ワラでていねいになん度《ど》もふいて、海水をふきとって。それなのにな、おら、犬っころにたんまげてよ、あんまりあわてたもんだから、まちがってこの絵皿《えざら》を頭さのっけでしまったんだ。」

カジは、おかしそうに、「キョキョキョキョッ」と笑《わら》った。

「そうか、そうだったんだ。この絵皿《えざら》は、ちゃんとじいちゃんに返《かえ》すからね。」

ぼくは、リュックから箱《はこ》をとり出し、中に絵皿《えざら》を入れて、またしまった。

それを見るとカジは安心《あんしん》したように、

「んで、おら帰る。」

と言って、立ち上がった。

それから、そばの大岩の前まで行くと、ぐっと腰《こし》をおろし、「ンンッ」とうなると、ゆっくり持《も》ち上げ、横《よこ》にポイとほうりなげた。

目の前に、森が広がった。

「ここを通って、帰れ。」

「カジ、ありがとう。」

「いんや、この皿《さら》がもどったおかげで、力が出るようになったんだ。もう、相撲《すもう》に負《ま》けねえぞ。」

カジはうれしそうにひょんひょん飛《と》びながら、崖《がけ》をのぼって消《き》えた。

「おーい、大和《やまと》ー、だいじょぶかー。」

将太《しょうた》が、カジの作った道を通って森の中から、青い顔をして走ってきた。

「だいじょうぶだ。カジが助《たす》けてくれたんだ。」

「よかったな。今よ、崖《がけ》を軽《かる》がる飛《と》びこえていったのが見えたから、きっと、カジだと思った。」

ぼくがおちたところを見上げると、三メートルはありそうな崖《がけ》になっている。

「ここを転《ころ》げおちたとは思えねぇな。」

将太《しょうた》が、ぴんぴんしているぼくを見て笑《わら》った。

「さっ、帰《かえ》るべ。こっちをぐるっと回って入《い》り江《え》に行ける。」

入《い》り江《え》にもどると、潮《しお》は思ったより満《み》ちていなかった。

トンネルは、ぽっかりと開《あ》いたままだ。

将大丸《しょうだいまる》の中で、ぼくは将太《しょうた》にカジのことを話してきかせた。
将太は笑《わら》ったり、なん度《ど》もうなずいたりしながら楽しそうに聞いていた。
将大丸《しょうだいまる》は、浜辺《はまべ》に到着《とうちゃく》した。
この船でコッパ島《じま》へ行くことは、もう二度《ど》とないだろう。
ぼくたちは、誰《だれ》にも見つからないように船を陸《りく》に上げ、草むらにかくした。
「将大丸《しょうだいまる》、サンキュー。」
ぼくは、舳先《へさき》を軽《かる》くたたたいた。
「最高《さいこう》の船だったぞ。」
将太も船べりに手をおいた。
それから、感謝《かんしゃ》の気持《きも》ちをこめてお祓《はら》いをして、木の枝《えだ》をかざった。
あしたの午前中には、ぼくはこの浜石《はまいし》をたつことになっている。
ぼくたちがふりむくと、そこにはいつものコッパ島《じま》があるだけだった。
さっきまでのことが夢《ゆめ》のようだ。
あしたの朝早く、秘密《ひみつ》の入《い》り江《え》でおち合うことを約束《やくそく》して将太と別《わか》れた。

カジのことをじいちゃんに早く教えてあげたくて、ぼくは、家にむかって全速《ぜんそく》力《りょく》でかけ出した。

家にもどると、じいちゃもばあちゃんも、まだ帰っていなかった。

ぼくは、奥《おく》の部屋《へや》にごろんと横《よこ》になった。柱《はしら》時計に目をやると、まだ午後一時になったばかりだ。コッパ島《じま》に行ってから、もっと時間がたっているはずなのに。どうしてなんだろう。これも、河童《かっぱ》の妖術《ようじゅつ》なんだろうか。

カジは、ぼくとじいちゃんがそっくりだって言っていた。その言葉《ことば》を思い出して、一人笑《わら》った。仏壇《ぶつだん》の上の写真《しゃしん》が目に入った。じいちゃんの父ちゃんだ。こうして見てみると、ぼくのお父さんにどこか似《に》ている。

「つながってたんだな……。」

じいちゃんの父ちゃんに、じいちゃん、ぼくのお父さんに、ぼく……。

あいかわらずミンミンゼミが鳴いている。あしたで、この家ともお別《わか》れだ。

「大和《やまと》のじいちゃん、すげーよな。カジをずっと忘《わす》れずに大人になったんだな。」

将太《しょうた》の言葉《ことば》を思い出した。ぼくはどれだけのことを忘《わす》れずに大人になるんだろう。

人の気配《けはい》に気づいておき上がると、おなかの上にバスタオルがかけられていた。

そばで、ばあちゃんが、とりこんだ洗《せん》濯物《たくもの》をたたんでいた。帰ってきてたんだ。

「おや、おきたか？」

ばあちゃんが顔を上げた。

「じいちゃんは？」

「今《いま》ね、部屋《へや》で寝《ね》てるよ。熱《ねつ》も下がってな、自分《じぶん》ではたいしたことねぇって言ってっけど、やっぱりしんどいみたいでな、すぐに眠《ねむ》ってしまったよ。少し寝《ね》かせておいておやり。カゼは寝《ね》るのが一番だからな。」

部屋《へや》をのぞくと、じいちゃんはぐっすりと眠《ねむ》っていた。ぼくは、そっとふすまをしめた。

14 さらば、コッパ島《じま》。そして、また

浜石《はまいし》、最後《さいご》の朝だ。ぼくは、ペットボトルに水を入れると、約束《やくそく》の時間よりずっと早く秘密《ひみつ》の入《い》り江《え》にむかった。

しばらくして、将太《しょうた》がきた。ぼくは、将太を流木《りゅうぼく》のテーブルまで案内《あんない》した。

「お別《わか》れ会だ。生まれて初《はじ》めて、ぼくが作った味噌汁《みそしる》。」

ぼくたちは、味噌汁《みそしる》の入ったカップをぶつけて乾杯《かんぱい》した。将太は、

「こんなに、うめーの食ったことねぇよ。」

「楽しかったね。」

「うん、最高《さいこう》の夏だった。」

ぼくたちは、別《わか》れのコンブ踊《おど》りをして、それから砂浜《すなはま》に寝転《ねころ》んだ。

ぼくの腕《うで》はすっかり日にやけて、将太《しょうた》と同じくらい茶色くなっていた。もうミックスソフトクリームじゃなくなった。

「冬の秘密《ひみつ》の入《い》り江《え》ってどんなかな？」

「おっ、冬休みにもこれんのか？　寒《さ》みーぞ。耳がちぎれそうなくれえ。鼻《はな》もまっ赤になる。でも、おもしれえかもな。待《ま》ってっからな。」

「将太、きのう考えたんだけど、えらそうだけど、笑《わら》うなよ。ぼく、大人になったら生物学者《せいぶつがくしゃ》になる。そしてこの町のいちばん高台に家をたてて、ずっとコッパ島《じま》を守《まも》ってやろうと思うんだ。」

「じゃあおれは、そのとなりに家をたてて、大和を手伝《てつだ》ってやるよ。」

「岬民宿《みさきみんしゅく》は、あとをつがないの？」

「二号店《ごうてん》だ。」

そう言って、将太は「ガハハハ」と笑《わら》った。

かくしてある将大丸《しょうだいまる》も見おさめした。

国道のところまできて、将太と別《わか》れることにした。

「大和《やまと》、おれ、学校あっから、見送《みおく》りに行けねぇけどよ、気をつけて帰れよ。」

「じゃあな、将太《しょうた》。」

背中《せなか》合わせに歩き出し、とちゅうなん度《ど》もふり返《かえ》り手をふった。ふり返《かえ》るたびに将太との距離《きょり》が広がっていく。

「おおーい、大和《やまと》ー。フライドチキン十箱《ぱこ》、ドーナツ十箱《ぱこ》、忘《わす》れっるなよー。」

ぼくは、おなかのそこから思いっきり笑《わら》った。将太、忘《わす》れてなかったんだ。むこうで将太も笑《わら》っている。いいやつだ。

家にもどると、ばあちゃんが水枕《みずまくら》に氷《こおり》を入れているところだった。

「じいちゃんの熱《ねつ》が上がったんだよ。駅《えき》には、ばあちゃんしか見送《みおく》りに行けないけど、大和《やまと》、荷物《にもつ》を用意《ようい》して、下さ持《も》っておいで。」

「じいちゃん見てくるよ。」

「だめだめ。大和にカゼがうつってしまうからな。夏カゼをこじらせると、ひでえんだから。それに、じいちゃん、今、薬《くすり》を飲《の》んで眠《ねむ》ったとこだから。」

と、ぼくの腕《うで》をおさえた。ばあちゃんは、言い出したらきかない。がんこな目でぼくをにらんでいる。

ぼくはあきらめて、二階《かい》の部屋《へや》に上がって荷物《にもつ》をまとめた。時間がどんどんすぎていく。早くじいちゃんに、カジに会ったことを話さないと……。気持《きも》ちだけがあせっていく。

荷物《にもつ》を持《も》って下におりていくと、ばあちゃんのすがたがない。

ぼくは箱《はこ》とカジのくれた薬《くすり》をリュックの中からとり出すと、足音をしのばせ、じいちゃんの部屋《へや》の前に行った。

ふすまに手をかけ、開《あ》けようとした瞬間《しゅんかん》、すっとふすまが開《あ》いて、ばあちゃんが出てきた。

「あー、びっくりした。大和《やまと》、なにやってんの。」

びっくりしたのは、ぼくの方だ。

「やっぱりさ、帰る前にじいちゃんに声をかけてくよ。じいちゃん眠《ねむ》ってる?」

ぼくが部屋《へや》をのぞきこむと、じいちゃんは、むこうをむいて眠《ねむ》っているようだ。

「うーん。熱《ねつ》が引けばいいんだどもな。大和を駅《えき》まで送《おく》ってったら、またタクシーで病院《びょういん》さ行ってくっから。なあに、心配《しんぱい》しなくてだいじょぶだ。すぐに治《なお》っから。」

ばあちゃんは、ぼくの腕《うで》を引っぱった。

「ちょっと待《ま》ってよ。ぼくさ、じいちゃんに、わたしたい物《もの》があるんだ。」

「なんだべ。」

「ちょっとしたおみやげだよ。この箱《はこ》と薬《くすり》。じいちゃんに、この薬《くすり》飲《の》ませてよ。きっと、すぐに治《なお》るよ。」

「ハハッ、薬《くすり》かい。よくききそうだな。だども、じいちゃんには、病院《びょういん》からもらった薬《くすり》があっからな、だいじょぶだよ。」

「こっちの薬《くすり》の方が、ぜったいによくきくんだってば。カゼなんて一発《いっぱつ》で治《なお》るって言ってた。」

「誰《だれ》が?」

「……。」

ぼくは、言葉《ことば》につまった。

「はいはい、わかったよ。ほらっ、時間がねぇよ。じいちゃんには、あとでわたしとくからな。」

ばあちゃんが、ぼくの背中《せなか》をおした。

「あとでじゃなくて、今、わたしてよ。」

ばあちゃんは、しようがないという顔をして、ぼくから箱《はこ》と薬《くすり》をうけとり、部屋《へや》にそっと入って、じいちゃんの枕《まくら》元《もと》においた。

じいちゃんは、フーフーと、荒《あら》い息《いき》をして眠《ねむ》っている。

一日になん本も列車《れっしゃ》のとまらない浜石駅《はまいしえき》には、人かげはまるでなかった。

ほったて小屋《ごや》のような駅《えき》の待合室《まちあいしつ》を通りぬけ、ばあちゃんと二人でプラットホームに出た。

線路《せんろ》の上には、かげろうがゆれている。

ゴトンゴトンとレールの音がして、山の間から二両《りょう》しかないディーゼル列車《れっしゃ》が現《あらわ》れ、ゆっくりとプラットホームにすべりこんできた。

じいちゃんには、とうとうカジのことを話せなかった。

「それじゃあな、気ぃつけて帰んだよ。おなかがすいたら、リュックにおにぎりが入ってっから食べんだよ。みなさんによろしくな。また、こいよ。」

ばあちゃんは、ほんのりと目のふちを赤くしている。

「わかってる。またくるって。ばあちゃん、ありがとう。ばあちゃんの爆弾《ばくだん》おにぎり、おいしくて好《す》きなんだ。」

「爆弾《ばくだん》?」

「うん。将太《しょうた》がばあちゃんのおにぎり、まっ黒い爆弾《ばくだん》みたいだって。」

「ハハハッ。そうかい。」

ぼくは、列車《れっしゃ》のデッキにのりこんだ。

列車《れっしゃ》は急行列車《きゅうこうれっしゃ》を先にやりすごすため、浜石駅《はまいしえき》で三分間の停車《ていしゃ》になっている。

「ばあちゃん、あの薬《くすり》、ほんとうに、じいちゃんに飲《の》ませてよ。」

「はいはい。」

と、ばあちゃんが笑《わら》った。その時、

「おーい、おーい、大和《やまと》ー。」

じいちゃんが、息《いき》をきらしながら改札《かいさつ》口《ぐち》をかけのぼってくるところだ。

「じいちゃん！」

ばあちゃんは、びっくりして目を見開《みひら》いている。

「まに合ったな！」

じいちゃんは、ハアハア肩《かた》で息《いき》をしている。

「じいちゃん、だいじょうぶなの？」

「ああ、もうだいじょうぶだ。あの薬《くすり》を飲《の》んだから。」

「あの薬《くすり》ね……。」

「うん、わかってる。昔《むかし》、じいちゃんが腹《はら》いたをおこした時にもな、あの薬《くすり》をもらったんだ。」

じいちゃんは、目じりにいっぱいうれしそうなしわを作った。

「じいちゃんな、熱《ねつ》にうなされながら、なんだか夢《ゆめ》を見てだったような気がする。目がさめて枕元《まくらもと》見たら、あの箱《はこ》がおいてあっから、びっくりしてな。これもまた夢《ゆめ》かと思ったんだ。だども、ふたを開《あ》けてみたら、絵皿《えざら》が入ってだべ。それで全《ぜん》部《ぶ》わかったんだ。あの絵皿《えざら》はな、昔《むかし》、蔵《くら》にあったもんで、じいちゃんの父ちゃんが、ずっとさがしていた物《もの》だったんだ。だどもな、じいちゃんには、あの絵皿《えざら》がどこさ行ったのか、だいたい見当がついていたんだ。」

「じいちゃん、あの箱《はこ》、かってに持《も》ち出してごめんね。かってにカジに会いに行ってごめんね。」

「いやいや、いいんだ。これでよかったんだ。じいちゃんが、ずっとやりたかったことを大和《やまと》がやってくれたんだ。ここにつかえていたのが、すっとおりたようだ。」

じいちゃんは、にぎりこぶしを胸《むね》においた。

「カジは元気だったが？　仲間《なかま》と暮《く》らしてたのが？」

「とっても元気だった。じいちゃんのくれた魚はおいしかったって。まだ口の中に甘味《あまみ》が残《のこ》ってるって言ってたよ。」

「そうが、そうが、よがった。」

じいちゃんの目頭《めがしら》が、ほんのり赤くなった。

「じいちゃん、長生きしてね。」

「あたりめぇだ。まだまだだいじょぶだ。大和《やまと》のひこ孫《まご》ば、じいちゃんが風呂《ふろ》さ入れてやりてんだ。それまで元気でいねばな。」

あさ黒い顔に、しわを作ってみせた。いつもの威勢《いせい》のいいじいちゃんにもどった。

「カジって誰《だれ》のことなの？　それに、いったいじいちゃんどうしたの？　そんなにぴんぴんして。」

ばあちゃんは、びっくりした目をしている。

ぼくとじいちゃんは、顔を見合わせ笑《わら》った。

「じいちゃん、ぼくとカジはね……。」

ぼくが、話そうとした時、

「まもなく、列車《れっしゃ》は、発車《はっしゃ》いたしまーす。」

と、車内アナウンスが流《なが》れた。

「じいちゃん、ぼくとカジはね、もう友だちになったんだよ。それからね、カジがね、ぼくとじいちゃんがそっくりだって。そんでね、久一《きゅういち》によろしくって。じいちゃん、ぼく、父さんにたのんで冬休みにまたくるよ。そうしたら、ぼくがこれまでのこと、全部《ぜんぶ》話して聞かせるから。」

言い終《お》わらないうちに、静《しず》かにドアがしまった。

じいちゃんは、なん度《ど》も、なん度《ど》もうなずいている。

「ありがと。」

ぼくは、ガラスごしにつぶやいて手をふった。


ガッターン、ゴットーン。

ディーゼル列車《れっしゃ》は、ゆっくりと走り出した。

手をふっているじいちゃんとばあちゃんが、小さくなり、あっというまに見えなくなってしまった。

ぼくは、いちばん前の席《せき》にすわると、リュックをかかえ、座席《ざせき》にもたれかかった。

車内には、近くにすんでるらしい数人のお年よりがいるだけで、がらがらにすいている。

きた時には、海水浴客《かいすいよくきゃく》でごったがえしていたのに。夏のそうぞうしさは、いつのまにかどこかにきえてしまったようだ。

列車《れっしゃ》は、ぐんぐんスピードを上げ、トンネルに入った。

ガーガーと、列車《れっしゃ》の音が高くなった。

暗《くら》い窓《まど》ガラスには、ぼくの黒い顔がうつっている。

トンネルをぬけると、窓《まど》のむこうにまぶしいほどに光る青い海が見えるはずだ。

そして海の上には、カジたちのすむ緑《みどり》のコッパ島《じま》が浮《う》かんでいるだろう。

ぼくは、ドキドキしていた。

もう一度《ど》、コッパ島《じま》を目の中にしっかりやきつけておこう。

ぼくは、体をのり出し、窓《まど》ガラスにぴったり顔をおしつけた。

将太《しょうた》、将大丸《しょうだいまる》、じいちゃん、ばあちゃん……。

浜石《はまいし》の夏、さようなら。また、くるね。

ほら、列車《れっしゃ》がトンネルをぬけた!

作者●白金ゆみこ（しろがね ゆみこ）

1963年、岩手県釜石市に生まれる。新日鉄釜石製鉄所を結婚退社後、創作活動を始める。平成6年コスモス文学賞児童小説部門において文学賞を受賞。平成8年第37回講談社児童文学新人賞佳作入選。本書が初めての単行本となる。釜石市在住。

画家●石井　勉（いしい　つとむ）

1962年千葉県に生まれる。漆工芸、染色工芸を学び、その後、絵本や挿し絵で活躍。
主な作品に、『おばけバッタ』『あした、出会った少年』（共にポプラ社）、『みなみかぜのヒュー』（佼成出版社）「絵で読む日本の歴史」「平和と戦争の絵本」シリーズ（共に大月書店）、『家のくらしのうつりかわり』（岩崎書店）などがある。千葉市在住。

あかね・新読み物シリーズ・20

めざせ！　秘密《ひみつ》のコッパ島《じま》

発行日＝2004年11月　第1刷発行
2006年7月　第4刷発行

作　者＝白金ゆみこ
画　家＝石井　勉
発行者＝岡本雅晴
発行所＝株式会社あかね書房
郵便番号101-0065
東京都千代田区西神田3-2-1
電話（03）3263-0641（代）
印刷所＝錦明印刷株式会社
製本所＝株式会社難波製本

N.D.C 913　147P　21cm
ISBN4-251-04150-X